春天的声音

徐祯霞　著

天津出版传媒集团

天津人民出版社

图书在版编目 (CIP) 数据

　　春天的声音 / 徐祯霞著 . -- 天津 : 天津人民出版
社 , 2023.5
　　（当代作家精品 / 凌翔主编 . 诗歌卷）
　　ISBN 978-7-201-11912-0

　　Ⅰ . ①春… Ⅱ . ①徐… Ⅲ . ①诗集－中国－当代
Ⅳ . ① I227

　　中国国家版本馆 CIP 数据核字（2023）第 037575 号

春天的声音
CHUNTIAN DE SHENGYIN

出　　版　天津人民出版社
出 版 人　刘　庆
地　　址　天津市和平区西康路 35 号康岳大厦
邮政编码　300051
邮购电话　（022）23332469
电子信箱　reader@tjrmcbs.com

责任编辑　岳　勇
封面设计　邓小林
封面题字　贾平凹
主编邮箱　jfjb-lx2007@163.com

印　　刷　三河市金元印装有限公司
经　　销　新华书店
开　　本　710 毫米 × 1000 毫米　1/16
印　　张　18.5
字　　数　238 千字
版次印次　2023 年 5 月第 1 版　2023 年 5 月第 1 次印刷
定　　价　69.80 元

拥有诗歌一样的优雅人生（序）

文/徐庶

　　关于徐祯霞，有人说她高产，有人说她励志，但说得最多的是她通过写作改变了自己的命运，解决了工作问题，这在业界一直是一个传奇。

　　徐祯霞是我第29届鲁院高研班上的同学，在鲁院的时候，我是副班长，她是宣传委员，交往甚多。因为我们都是徐家人，所以比较了解。

　　她是一个非常勤奋的作家，原本写散文，和我一起拿了第八届冰心散文奖。她还爱好诗歌，这些年一直在默默创作，且作品不少。

　　时常见她朋友圈里更新作品，熟悉了，才知道，她的人生并不易，一步一步都是靠着自己的奋斗走过来的。她通过写作解决了工作，彻底改变了自己的命运，这在许多人看来是不可能的事情，但是她却做到了，这又是让人刮目相看的。

　　近日，徐祯霞发来一部诗稿《春天的声音》，说拟出版，嘱我作个序。春天的声音，是什么样的声音呢？是万物萌动最初始的声音？还是她自己生命的坚韧，永远的不屈不挠？无论怎样，春天的声音，它都应该是世间最美的声音。我抱着一份未知的好奇打开了这部诗稿。

　　《春天的声音》，诗集分为八部分：汶川印痕、生命静悟、清风流云、高山仰止、红尘冷暖、羁旅物语、家国情思、古韵新吟。我是重庆人，说到汶川，总觉得跟我是有着某种关系的，是一衣带水呢？还是曾经的互为一体呢？不论怎么说，汶川于我都是一个结，曾经的汶川大地震让我牵挂揪心到日夜难安。说到汶川大地震，那是2008年的事了，那天我在一栋二十八层高楼午休，高楼摇晃不止，我和一批惊魂未定的同事从楼梯走下来，以为世界末日来了。

　　汶川地震，至今已逾十年，而在那次地震中，徐祯霞就已经开始写诗了，这是我不曾想到的。在我的印象中，她一直是以一个散文家的形象而存在的，因为在鲁院，虽然她也会时不时地参加我们诗歌组的活动，但她是以散文成绩卓著被分在散文组里的，没想到她竟然断断续续写了二百多首诗歌，这让我不得不相信滴水穿石的恒心。她说，她写的第一首诗《我能为你做些什么》就发表在2008年的《石家庄日报》地震诗歌专版上，而在汶川地震中，她不是只写下这一首诗，而是一气写下了二十多首诗，包括《只要生命还在》《活着真好》《阳光下的泪雨》《祝福汶川》等诗作，其中很多首诗歌都发表了。

2008年，是徐祯霞在机关当临时工的第二年，那时，她一个月的工资只有五百元，她说，如果没有写作，估计自己已经易行去做别的营生了，毕竟生活需要柴米油盐酱醋茶。可是这一脚踏上写作的道路，就再也没有停下来，并且作品频频发表，基本上每年作品的发表量都在百余篇，她是在文字中找到了自己的存在感和价值，也是文字让她找到了与这个世界交流的窗口。她将自己的所思所想所感所悟，通过文字表达出来，竟然得到了社会的广泛认可。反过来，这又让她获得了巨大的能量和信心。十年中，她通过写作，先后换了五个单位，而每前进一步都是踏在前一步的成绩上的，从临时工，到公益岗位，到差额财政拨款单位，再到全额财政拨款单位。最终，她上了北京鲁迅文学院，加入了中国作家作协，入选陕西百名优秀文化艺术人才，并且被当地政府以特殊文化人才安排到了柞水县文化馆。

在这本诗集里还有一个亮点，就是"高山仰止"，她在这一章节里写了屠呦呦、余光中、陈忠实、金庸以及霍金等星辰般的人物，用诗歌的方式写下了自己对这些重大历史人物的理解，以别样的角度解读他们或辉煌，或骄人，或悲壮的一生。

作为一个写诗多年的诗人，我还是希望文学能够具有普世情怀和观照精神。文学或如萤火虫，但只要有光亮，总会予人以指引，这是我在徐祯霞身上看到的光亮。

诗歌是文学圣殿上的明珠。但愿每一个诗人，都有诗歌一样优雅的人生。祝福徐祯霞，祝福天下所有爱诗的人。

2020 年秋于重庆

（徐庶：诗人，中国作协会员、重庆沙区科普作协主席。作品发表在《人民文学》《中国作家》《民族文学》《青年文学》《诗刊》等刊。获冰心散文奖、曹植诗歌奖）

目 录

第三辑　清风流云

第六辑　羁旅物语

第七辑　家国情思

第八辑　古韵新吟

第一辑　汶川印痕

我能为你做些什么

——谨以此诗献给汶川地震受难者

我能为你做些什么

我难中的朋友

我想给予你勇气

请你一定要坚持下去

千万不要放弃

只要坚持就会发生奇迹

我能为你做些什么

我难中的朋友

我想给予你力量

请不要难过　不要忧伤

我们都是你的亲人

我们会永远地守候在你身旁

我能为做些什么

我难中的朋友

我想给予你希望

请你抬起头来　眺望远方

只要生命不息

有一轮太阳还会被你用手托起

我能为你做些什么

我难中的朋友

我想给予你很多很多……

请你一定要坚强

我相信风雨过后的你

定然会有另一番模样

美丽的格桑花

依然会在你的家乡绽放

（此诗刊发于 2008 年 5 月 20 日《石家庄日报》）

危情时刻

一时间　天塌地陷
多少生命绝尘缘
苍天流泪
大地生悲
旷世灾情人有羞

房屋塌　道路毁
泪眼思亲亲不回
亲在何方？
亲埋故乡
故乡只留梦中央

亲人急　国人叹
总理亲自赴一线
万众一心
众志成城
争分夺秒求命还

手相牵　心相连
爱似雪花一片片
五湖四海
神州内外
齐心协力度难关

问苍天

环顾四周
泪眼两茫茫
曾经的锦绣美华堂
顷刻间变模样

谁曾想
一场灾难从天降
骨肉分离在家乡
谁曾想
人坐屋中也遭殃
天崩地裂人断肠

唤亲人　亲不语
苍天痛洒滂沱泪
五湖四海同含悲
好一场血泪雨
问苍天：
为哪般？
活活将我骨肉分离在人间！

生命有约

如果在约定的时候　我还没有来
那我肯定是遇到了天灾人祸
人生的宴席总有尽头
请原谅我的先行一步

其实我不愿就此离去
其实我还有许多的心愿未尽
可是灾难要将我的生命夺去
我也曾苦苦挣扎　终是徒劳

我的孩子　你要坚强地活下去
没有我的庇护你应该更懂得生命的意义
人生的路上有风也有雨
在挫折中你能长出更丰满的羽翼

我的双亲　请你擦去眼角的泪滴
生活本是幸福与苦难的共同体
只是在我生命中最大的遗憾
就是没有尽到对你们的孝意

我的爱人　请你不要独自饮泣
曾经有过的欢欢喜喜
我都已经用刻刀镶进了心底
你永远是我心底最美的记忆

我去了　我所有的亲人
请你们一定要好好珍惜自己
知道你们一切都好
将是对我最大的慰藉

阳光下的泪雨

——谨以此诗献给地震的遇难者

今天的阳光依然灿烂
今天的心情忧伤满面
受难的生命再也无法生还
废墟成了他们永久的家园

泪水浸泡了双眼
哀嚎让人肝肠寸断
生与死的距离越拉越远
心中的爱恋　有增无减

太阳在滴血　风儿在哭泣
无数的幽灵在空中寻觅
满怀着对亲人的眷恋
令他们迟迟不肯离去

我的至亲　我的至爱
让我最后再看你们一眼
你们一定要好好地活着
别让我在九泉之下不得安息

别了亲人　别了朋友
我已不得不和你们说再见
想我的时候
我们就在梦中团圆

战士，你累了吗？

——谨以此诗献给灾区一线的战士们

战士，你累了吗？

我想轻轻地问你一声！

你一定是很累了

可是你却不肯吱声

因为在你的心里

没有什么比生命更让你在意

多少个黑夜白昼　你都没有休息

多少个日日夜夜　你奔走在废墟

当一个生命被你艰难地救起

你的心中该有怎样的欣喜

此刻的你　已不是你

寻觅生命是你全部的希冀

渴了　你顾不上喝水

饥饿　早已被你忘记

为了祖国　为了人民

就是献出自己也在所不惜

只要生命还在

——谨以此诗献给汶川地震生还者

或许你会为失去亲人　而悲痛欲绝

或许你会为无家可归　而痛心疾首

或许你会为穷尽半生　而追悔莫及

或许你会为心无所托　而意冷心灰

尽管这些我们都不愿意失去

尽管这些我们都相当珍惜

可是已经发生的无可挽回

痛定之后我们依然还得从容面对

只要生命还在　请不要绝望悲哀

打碎的花瓶　还可以重新去买

花儿谢了　明年依然会开

只要生命还在　一切都可以重头再来

（此诗刊发于 2010 年 4 月 24 日《北海日报》）

活着真好
——汶川地震有感

一直以来　从来没有觉得生命应该被好好珍惜
一直以来　任由时光流水般地逝去

一场灾难　让人震憾
求得生命原来是如此的不易

曾经的日起日落是那样的稀松平常
可今日午后的阳光却让人永远铭记

能够活着　真是我们的幸运
能够活着　我们应该学会感激

行走在天与地之间　曾是怎样的奇迹
把握生命的分分秒秒　便是善待自己

花开花落　月缺月圆
曾有的美丽还在我们的身旁沿袭
朋友，我想对你说：
活着真好！

（此诗刊发于 2008 年《柞水文艺》第 2 期）

只要心中有爱

只要心中有爱　心灵就不会孤寂
只要心中有爱　生命就会发生奇迹
只要心中有爱　黑暗就会成为过去
只要心中有爱　灾难也会变得无力

爱是深夜里的一盏灯
能迅速地将黑暗褪去
当光明把周围照亮的时候
生活依然还是那么美丽

爱是严冬里的一把火
驱走了你身上阵阵的寒意
温热了的不仅仅是你的肉体
冰冷的心也会慢慢地有了暖意

我们每一个人都是大海的一滴
当所有的水滴汇在一起的时候
将会形成一股巨大的合力
既能震动天　也能撼动地

没有什么不能过去
也没有什么可以让我们一蹶不起
只要我们相扶相依
灾难也会对我们心生畏惧

只要心中有爱　生活就有希望
只要心中有爱　生活还会满是阳光

汶川，雄起

汶川　雄起　这是我
在震中听到一句最动人的话语
每次听到　总能
让我的心无比震撼

一个顽强的民族
是没有什么可以将它打垮的
他们用他们的坚毅和自信
托起生命中绝无仅有的苦难

天可以塌　地可以陷
民族的脊梁宁折不弯
即使身残　即使屋陷
怎能泯灭做人的信念

与灾难斗　与命运斗
也与自己苦斗
暴风雨过后
天空更加明媚　湛蓝

（此诗刊发于 2008 年 5 月 13 日《眉山日报》）

祝福汶川

我划亮一根火柴
将五十六支红烛点燃
在一片红红的烛光中
我的眼前 出现了
一幅崭新的画面……

一幢幢高楼迅速地崛起
一座座花园芬芳美丽
一条条街道川流不息
一块块农田鲜活葱绿
一间间教室书声四起

车间里　一个男子
操动着机器
在机器的轰鸣声里
商品源源不断地流出
他有说不出的快意

讲台上　一位女教师
在朗诵着朱自清的《春》
春天来了　一切都是欣欣向荣的样子
在一片朗朗的读书声中
向学生传播着知识的美丽

田埂间　一位老农

手拄一柄锄头

正在拭去额头的汗滴

汗水摔成几瓣

滚落在在阳光下的泥土里

灯光下 爸爸　妈妈

还有儿子　围坐在一起

说着今天　谈着明天

一个个美丽的构想

再次燃起他们对生活的希冀

看着他们　我

有说不出的慰藉

我知道　坚强的汶川人

已经走出了过去

更战胜了自己

对于他们　我除了敬意

还是敬意　当我看到

新的汶川在血泪中崛起

我知道　我所有的担心都是多余

祝福汶川　也勉励自己

（此诗刊发于 2008 年 5 月 12 日《商洛日报》）

不能忘却的记忆

——记 5·12 汶川地震

五月　是一个让人心碎的日子

五月　是一段不堪回首的记忆

（一）天降灾难

午后的天空　阳光灿烂

一如孩子纯真的笑脸

谁曾料到　在阳光后面

有一只巨大的魔爪突然袭来

仅在一时三刻之间

将美丽的汶川撕成碎片

几声劈雳　响彻天宇

山为之崩　地为之裂

鲜血汩汩流进大地

鲜活的生命了无痕迹

高楼瞬间夷为平地

山河顿时满目疮痍

锦绣的家园　不再美丽

至爱的亲朋　你在哪里？

苍鹰在头上盘旋

风儿在乌云中哭泣

（二）生命救急

消息像长了翅膀

迅速飞到全国各地

五湖四海　大江内外

刺痛着每一个人的心

着急　痛心　担忧

在心里一遍一遍地交替

救援部队飞奔而来

白衣天使整装待备

总理满含着痛和泪

奔走在一片又一片的废墟

生命的救急　刻不容缓

寻找生命是此时的唯一

拨开一层层的瓦砾

铲开一堆堆的废墟

一个个血肉模糊的生命

被战士艰难地救起

（三）爱的奉献

一箱箱浸泡着泪水的物资

从天而降

一笔笔包裹着爱心的捐款

滚滚而来

孩子们突然变得慷慨

老人的心被泪水灌溉

就连讨饭的乞丐

也没有吝惜他们的乞讨所得

一个惨遭劫难的汶川

牵动了十三亿人的心田

人们为之伤心　难过　流泪

更有一份牵挂和怜惜

黄皮肤黑头发的中国人　从来

就没有忘记自己是中华的儿女

手中挥舞着的红丝绸

腕上飘动着的绿丝带

一份一份的爱涌向四川

将伤痕累累的身心治愈

爱让死神望而止步

爱将生命从绝望中唤起

十三亿人汇成爱的洪流

足以抵挡多颗原子弹的威力

（四）感恩的心

感动的热泪盈满了双眼

爱如潮水润湿着心田

爱是良药将伤口治愈

爱是炉火将凄凉的心暖起

不管怎样我都要努力地活着

为的是回馈兄弟姐妹无私的情意

是谁将我的生命挽留　我怎能忘记

是谁不顾自己的安危　将我救起

如此厚重的情　如此厚重的爱

我要用几生几世将它铭记

灾难让生命变得十分的凝重

爱让生命承载了太多的份量

因为爱　我必须努力

因为爱　我要坚强地站立

我不仅要自己活出一番天地

更要让家园再现它的美丽

我的母亲　我的兄弟姐妹

请你们相信——

一个受过创伤的生命

能更深刻地解读生命的意义

如果你还记得汶川

如果你还记得汶川
请打开心门
且听我言——

如果你还记得汶川
请多行善事
少生恶念

如果你还记得汶川
请勤奋工作
勿信谗言

如果你还记得汶川
请努力学习
积累明天

时至今日
汶川地震一周年
我们如其说是要怎样的祭奠
莫如先洗净自己的灵魂
用满腹的虔诚
去面对华夏五千年的祖先
我们叩问苍天
我们笑看大地

我们能否坦然行走于天地间

如果我们无愧于自己

我们无愧于祖先　我想

那才是对汶川最好的祭奠

（此诗刊发于 2009 年 6 月 3 日《西安商报》）

第二辑　生命静悟

一株河柳

我是一株柳。确切地说
一株河柳。我没有挺拔的身躯
没有婀娜翩跹的身姿
脚下亦没有肥沃的土地

我生长在荒凉的河滩
周围杂草丛生，乱石嶙峋
没有土壤，没有养分
一群草儿却匍匐在我的脚下
吮吸着那仅有的一点水分
为了生存，我将根深扎于河滩
以此获得一线生机，苟全性命

我没有公园里的柳树娇贵
也没有河堤上的柳树潇洒
更没有西湖边的柳树妖娆
我只是一株瘦弱的河柳
被人遗忘在河滩上的一株柳
没有俊美娇俏的容颜
没有潇洒健硕的体貌
却兀自顽强地生长在河滩
以自身的顽强突破生命的极限

一株河柳顶不了乱世狂风

一株河柳擎不起摩天大厦

当潮水退去万千繁华落尽

一株河柳却是最本真的生命

（写于 2020 年，发表在"名家诗典"平台）

一杯风吹凉了的水

口渴了，倒下了一杯水
总以为，水在杯中
风吹不走，鸟儿喝不着
它永远都会在我的杯中

我就一直匆匆地忙着
它就一直静静地放着

过了许久，许久
我才想起那杯水
舔舔有些发干的嘴唇
漫不经心地拿起水杯
杯唇相碰之际
水已经冰凉，冰凉
没有了任何温热的气息
我才蓦然发现
由于我的疏忽大意
淡了的不止岁月和时光
还让一杯水彻底到冰凉

（发表于2020年《石门文艺》第2期）

一棵老树

春天里。一株老树挺立在风中
如刀砍，如斧劈，伤痕累累
满目苍凉，又尽是倔犟和顽强

几枝调皮的新芽，旁逸斜出
长出嫩绿的令人喜爱的颜色
在俗世的固态的庸常的目光中
以为树已经死了或者即将会死
可老树却生出令人惊喜的春光

此时的老树，有多么率性可爱
可爱到令人惊讶令人叹为观止
而它却静静默默地老枝抽新芽
淡定如时光深处的坐禅老人
风雨不惊，荣辱皆随人意

生，可以历经风雨沧桑霜雪不惧
道，纵然千转百回依然初心不改
活着如何不是一种精神和意志？
大爱无言生命永远不会枯萎和衰竭

（写于 2020 年，发表在"名家诗典"平台）

被风追赶的日子

风起了，我不得不奔跑
命运像一只巨大的手掌
推着我不停地往前追逐
越过高山，越过平原
越过岁月的千山万壑

路上，我邂逅了很多人
也见识到了很多的风景
见过了小山，小丘
亦见过了大江，大河
阅尽红尘，栏杆拍遍
也便有了不一样的心境

人生，其实就是在赶路
一程紧接着一程
这一程刚刚走完
下一程的路口已在眼前
容不得喘息容不得停留
便又策马扬鞭风雨兼程

走过无数的路阅尽无数的人
方在时光的沉淀中悟得
每个人的人生都是一本大书
任何的成功都不会垂手可得

（写于 2020 年，发表在"名家诗典"平台）

苏醒

一缕风摇曳着我金色的梦
让我在蔚蓝的天空中苏醒
夜很黑，什么都还看不清
天地仍是一片至暗的混沌

一只蜘蛛轻轻爬上我的窗棂
发出"嗞嗞"的笨拙的声音
若一个暗夜里不能见光的人
爬上爬下，没有一刻安静
哎，忙着结网的它是如此不幸

总想，总想世事归于平静
总想，总想卸下一路风尘
总想，总想冬天过后是春天
总想，蓝天之下不再有暗影

夜色如水，漫过我的心境
叩击着我并不坚韧的灵魂
把一个早春的清晨淋淋浇透
让迷濛的生活彻底开始复苏

有多少事可以从容地抛丢
有多少人可以信赖相伴携手
往事如烟，什么可以挽留？

一抹彩霞，一弯新月

也曾是我激情燃烧的回首

（写于2020年，发表在"名家诗典"平台）

会开花的杜鹃树

生于牛背梁

长于牛背梁

繁衍于牛背梁

也一样有了牛背梁的遒劲与雄壮

你挺拔的杆

你铁虬般的枝

你苍劲的叶

无不向人诉说着你的不屈与坚强

历过烈风

遭遇苦雨

也丝毫没有动摇你成为一棵树的信念

你是一棵树

一棵会开花的树

也许只有你才能耐得住那样的清苦与寂寞

在那寂寂的牛背梁

在那云天相间的地方

你倾其生命的所有

开出世间独有的芬芳

一株　两株　无数株

一片　两片　无数片

温馨了阔天

温馨了寒山

温馨了秦岭上这一片苍莽的林海

于是　牛背梁上有了一片最美的春光

杜鹃　牛背梁上的杜鹃

牛背梁　杜鹃花的牛背梁

你们风雨共存

你们苦苦相依

莽莽秦岭　则是你们最好的见证

啊杜鹃　你用坚毅与爱

谱就了一首世间最美的恋曲

——生死不离

杜鹃啼血

那是对爱情最坚贞的歌咏

杜鹃　牛背梁

牛背梁　杜鹃

此生，你们将在秦岭上永恒

（此诗获得陕西民间诗歌大赛优秀奖）

牛背梁之五角枫

俯身　拾起一片牛背梁上的枫叶

红的　快要滴血

仰头　才见你的容颜

居你之下

我竟如此渺小

好想　与你合张影

却始终无法与你融为一景

只好　远走

留取你的截面

一张彩色的照片

令我在你不衰的生命中站成永恒

遥望微雨寒山

在这深秋

唯有你　美丽依旧

似火如涂

红了山间

暖了心头

妖娆着寒秋

展露出无尽的风流

今风流

昨风流

来年还风流

（此诗刊发于2010年《北京诗词月刊》第3期）

夏日的黄昏

一滴泪　落下
被风打碎
岸边的芦苇
惨淡黯然
一支支
无力地摇曳

一只松鼠
在树下
眯着眼睛
郁郁寡欢
它没有找寻食物
只顾想着心事

一条路
无尽的长
蜿蜒向前
看不到尽头
突然　一声脆响
有松果自树上坠落
惊跑了松鼠
独留松果在黄昏的小径

望春

树已经秃了很久

没了叶子

静静地在风中伫立

聪明的鸟儿

看出了端倪

不再跳上枝头纵情歌唱

风中的树有些苍凉

也有一抹悲壮

是谁掠去了那一树的繁叶

是谁将那翁郁的绿荫摧残

是风还是霜？

空气中暴露了长久的沉寂

这种沉寂令人恐慌

河水已经凝固

完全没有了流动的迹象

那是冰　一层厚厚的坚冰

锁住了阔大的河面

锁住了河里摇曳的水草

还有那些一不小心飘落在水面的树叶

河岸的柳树

颓废地站立

只有树的形象

没有了树的精神

冬天似乎已经很久了

为什么还不见春的踪迹

春天　你到底在哪里？

是在萧瑟的寒风中

是在人们呼出的雾气里

还是在人们行色匆匆的脚步下

哦　春天

你该来了

别让我等得这么久

别让我等得这么苦

我微闭双眼

仿佛看到了一地春光

和那春光中的暖阳

我站在春天的路口

我站在春天的路口
为春天的到来静静地守候
一缕冷风吹来
我打了个寒颤
冬日的风
真冷

树上的叶子已经落尽
空留树冠仰头向天
一年四季
树从来没有像现在这样
干净　坚挺有力
只是　我不知
树是欢喜的
还是寂寞的

一层厚厚的落叶
盖住了本已肥厚的大地
风旋起了树叶
在空中急舞
片刻　又回归了大地
我托腮遐想
对于大地和树
叶会更钟情哪个？

森林显得从未有过的空旷
空旷得让我一眼能看见
它那裸露的身体和脊梁
没有了绿叶的冬天
大山确实有点窘
窘得人不忍多看它一眼
害怕它一不小心
暴露了过多的秘密

这时　走来了一个老人
问我：你在等什么
我说：在等春天
老人捋捋胡须
哦　春天哪
春天是该来了
果然
一个孩子就蹦蹦跳跳地走了过来
爷爷　我要折桃花
好　找桃花去
爷爷拉了孙子
向一片向阳的山坡上走去

（此诗发表于2012《长安诗刊》杂志第12期）

三月，因女人而熠熠生光

季节在春潮中荡漾

生命泛出迷人的光

在泥土的声声哈欠中

小草破壁而出

奏响又一轮生命的乐章

衔一枝河边的绿柳

采一朵新绽的桃花

三月　若拂面的风

扑鼻而来

女人　女人的名字叫三月

三月里住着数不清的女人

桃花　梨花　杏花

还有鲁院的玉兰花

每一朵花都美得与众不同

每一朵花都美得无以言说

它们在各自的土壤里生长　开花

开出三月里最动人的花

一朵花　是一个女人

一个女人　是一朵花

女人为花增色

花为女人增容

女人如花　花如女人

美丽　可人　风姿绰约

如果　如果没有女人
世界将黯淡无光
如果　如果没有女人
岁月将了无生趣
如果　如果没有女人
四季将庸俗平常
最为甚者
如果　如果没有女人
人类将无法薪火相传

在这个磨砺重重的人间
女人注定　注定不能缺席
女人的爱与温情
足以化解世间的一切苦难
在这个花灼柳碧姹紫嫣红的三月天
女人　同样不能缺席
纵然　纵然春天再美
倘若少了生动鲜活的女人
也便少了许多的妩媚与生趣

（此诗发表于 2017 年 3 月 12 日《三秦都市报》）

午后的太阳雨

一声惊雷　划破了寂静的天空
炸响在每一个忙碌的人们的心头

立时　有珠子从天空中坠落
像断了线似的
在太阳光的照射下
灼灼生辉
映亮了午后的晴空
也映亮了人们的眼睛

顷刻间　地面湿漉漉的
好像是一个人运动过后
大汗淋漓的模样
水洗过后的天空清灵而又透亮

湿了田间　润了山头
小草在吮吸着甘露
花儿在阳光下相互问候
绿树也在频频地点头
一切的一切都有些美不胜收

我们都是一些忙于赶路的人
匆匆奔走在人生的路途
在路上 我们的心会很累

我们的人也会很疲惫

而且还会常常身不由己

既便生活会是这样

也请你稍作停留

千万别错过这瞬间的美丽

有时快乐其实真的很简单

往往就在一个不经意的发现

咖啡人生

手里捧着一杯咖啡
看热气袅袅地从杯中升起
我倚在窗边　品一口
苦涩中自有一股浓浓的香味

街面上有来来往往的人流
和数不尽的车辆在奔走
有城里的　亦有乡下的
最终　他们融为了一体

一如　今天的我
站在这方属于我的空间
极目远眺　窗外的风景
悠然地品味着人生的苦涩与甘甜

数年前　我背上行囊离开了家乡
来到这片陌生的地方
怀揣着梦想与渴望
辗转在这个城市的大街与小巷

汗水　雨水　夹杂着泪水
鄙视　白眼　还有质疑的目光
这一切并没有将我吞噬
相反　愈发使我变得坚强

我用自己的坚定与执着
在这片土地上做着顽强的挣扎与对抗
几番苦旅　几载春秋
我迎来了生命中的一片曙光

终于　在这个城市里
有了一个可以栖息的地方
梦想　现实
相互交映的天空

此刻　我品着咖啡
像是在品着我的人生
有几分苦涩
亦是有着几分甘甜

（发表于2019年《延河诗歌·特刊》）

凌晨的一束光

当东方泛起鱼肚白时
有一束光，突然将苍穹照亮
天地顿时清明，通畅

露珠儿开始闪亮
鸟儿们展翅飞翔
河水撒着欢儿流向东方
一个个心灵走出黑暗的心房

哦哦哦，这是自然之光
它像一柄利剑
将黑暗劈成两半
让智慧升腾，让光明重现

第三十八个秋天

时光如一道闪电

快速地划过生命的圈

在你翩翩飘动的衣袂下

在你顾盼流转的眼神间

在清晨初升的太阳里

我走进了人生第三十八个秋天

三十八年前的春天

那个桃红柳绿的三月

在秦岭脚下的一个小山村

一个生命蠢蠢欲动

伴着一声爆裂尘世的呐喊

我　来到了人间

生命于我很伟大

我于世界很渺小

我犹如一粒微尘

浮游在天地之间

没有人懂得我的快乐

也没有人知晓我的寂寞

我不知道人为什么要生

也不知道人为什么要死

这是一个很艰深的哲学问题

没有人能够回答得出来

只是我知道

活着　就一定要活好

假如我是一棵树

我要坚强地生长

假如我是一盆花

我要开出灿烂的阳光

即使我是一株小草

也不放弃对于绿色的向往

在悠悠的岁月中

我不知道我长成了什么

但是我一直在努力地成长

我走过了春

我走过了秋

我走过了一个又一个的冬与夏

燕子呢喃着远去

春花谢了落红

时间如树的年轮

缠绕着一层又一层

我在执着的攀缘中

迎来了生命中第三十八个秋天

天空沉静而高远

大地丰饶而安详
我徜徉在天地之间
折一束凛然的野菊花
与万物一起　站成
秋天里最美的风光

今生有约

在一个风舞初荷的日子
我听见了一个声音
那是一份来自天外的渴望
无数的花蕾孕育着心香

云来了　风起了　雨落了
依然没能阻止脚步的向往
崎岖蜿蜒的牛背山梁
留下了寻梦人无悔的乐章

你来了　他来了　我们来了
于是这条路变得美丽异常
尽管这条路上也会有凄风和苦雨
风雨过后会有更明媚的阳光

一朵花　两朵花　三朵花
相继在路途上绽放
蓝天碧水绿树的掩映
更显生命的至真至纯至高无上

因为有你的相伴我没有迷茫
因为有你的搀扶让我有了力量
我们一起走过的小道羊肠
已经开始变得越来越宽广

一个个坚定向前的背影

将路延伸到了远方

我似乎嗅到了阵阵花的芳香

原来它来自一个辉煌的殿堂

我们今生有约

熊熊的篝火为我们作证

夜风伴着山歌乡韵

吟唱出了我们无怨无悔的人生

蓝天的情怀

我仰望蓝天

天空湛蓝湛蓝

清澈明净

一朵朵白云镶嵌在天幕间

如棉絮　如驼峰　如羊群

灵动　飘渺而又神奇

——是你囊括了万物

还是万物于你之中的倒映

博大　辽阔是你的本性

你高高在上

用全世界最宽阔的胸襟

俯视众生

有一扇门已悄悄打开

曾几何时　人已麻木

曾几何时　心已沉寂

一个声音

仿佛来自天外

将我从沉睡中唤醒

我循着那声音找去

看见一扇半掩着的门

推门进去

里面竟是一个别样的洞天

有奇花　异草

有碧水　蓝天

刹那间　觉得

世界竟然还可以如此绮丽

才见你的容颜

你在山巅　我在谷底
你我之间隔着黄河泰山般的距离
与你的相遇
我相信那绝对是个奇迹

不曾想到与你相识
却与你不期而遇
在水光潋滟的荷塘边
在彩霞满天的斜阳里

你踏着篝火而来
翩翩而至的身影里
让我觉得有种特有的熟悉
竟然是字里行间的你

火光照亮了黑暗的大地
真诚将人的心灵开启
人与人之间本无间隙
原本是世俗在捉弄自己

当冬天来临的时候

忽如一夜之间
温度急剧下降
空气中有了一种刺骨的冰凉

窗子上结着很厚的冰凌花
模糊了阳光的痕迹
我　急而推之
当阳光终于照上我的脸颊
却久而触摸不到它的暖意

树上　有一只小鸟
在急急地筑巢
不停地将细碎的树枝
衔来又衔去
堆砌成一个圆圆的巢穴

街上的人流
较之平日稀疏了许多
一个个行色匆匆
竖起衣服的领角
仓惶地奔走

树叶在风中打着旋儿
极不情愿地离开枝头

一片一片地飘落

那凋零一地的枯叶

可是大地母亲碎裂的心

河水缓缓地流着

很慢很慢

似乎要凝固了一般

欢快的鱼儿早已隐匿

只有平静的水面

依旧泛出凉凉的清辉

夜晚　风穿过楼房的间隙

一阵一阵

如鹤唳　如哨鸣

刺透寂寞的暗夜

叩撞着我不安的睡眠

于是　我知道

冬天已经来了

在我们不经意间

在弹指一挥的时候

在我们稍不留意的

那个秋日的晚上

（此诗发表于2018年《延河诗歌·特刊》）

母亲，我想您了……

又是一个五月天，
又是一个槐花飘香的季节
母亲，我想您了……

母亲，每次想起您
我的心中都会有一种隐隐的痛
我痛您的猝然离去
——没能和我说上一句告别的话
我痛您的悄然远逝
——我没能再亲手为您奉上一口茶
我痛我拿走了您那么多的爱
——您却不肯给我机会让我报答
我痛我们从此阴阳两隔
——您这份厚重的情我怎能割舍得下
多少个夜晚我想您难以入眠
多少次梦里我念您泪湿枕边
多少回清明我久久地伫立在您的坟前
多少年过节我依然渴望着与您的团圆

时间已经很多年过去了
岁月却没能磨减我对您的思念
好想念——
我在穿着您做的新衣服时
您开心的模样

好想念——

我在吃着您为我亲手做的可口的饭菜时

您一脸的安详

好想念——

我在学习和工作中取得成绩时

您欣慰的脸庞

好想念——

在每一次归家的时候

您立在路口深情的张望

我想念和您在一起的每一个清晨和黄昏

我想念和您在一起的每一个春秋和冬夏

母亲，您给予了我太多的爱和关怀

因为有您　我的心里从来没有凄凉

因为有您　我在人生的路上没有迷茫

等我长大了　您却老去了

无情的岁月侵蚀了您的脸颊

四季的风霜染白了您的黑发

在我的不经意间

您悄然地发生着变化

终于您再也无力承受这身与心的疲惫

在一个冬日的夜晚您就此安然长睡

我们做儿女的啊给了您太多的苦累

您此生的甘苦只有您自己能够体会

如今我已进入而立之年

或许我离您期望的还很遥远

但我仍会努力孜孜以求向前

又一个母亲节来临之际

我该拿什么来祭奠您呢？

我只能用手中一支笔

来寄托心底深处对您无尽的思念

您曾经是那么贤良的一个人

您死后定然可以进入天堂

人都说天堂也会有车来车往

天堂里也会热闹异常

希望您在天堂里不会寂寞

（此诗发表于 2010 年《养生月刊》第 4 期）

清明祭

这个夜晚　有些悲伤

天地阴冷　暗风四起

路边明明灭灭的是纸火

一些已尽或者正在尽的心意

惊扰着路人的思绪

一缕火光会否有一个灵魂

一缕火光会潜藏着一份怎样的心意

是缅怀　是思念

抑或是一份永不能释怀的眷恋

有人低眉　有人垂首

有人自顾自赶路

一些人与事被丢在身后

渐行渐远

再难回首

（入选 2018 年《新年台历》）

当雾霾来临的时候

每年的冬天，都有一场
或者是数场这样的雾霾
或浓或淡，或深或浅

雾霾来临的时候
老人不再出门，孩子也不出门
出门的都是为生计所迫的人
顶霾而行

天苍苍，地茫茫
风吹霾动四处荡
一个防霾口罩抵挡不了霾
还须得有强大彪悍的内心

当然，有霾的日子
也是对人性的考验
能一起走过霾的人
要么是朋友
要么是爱人
人生，如果不能共同经历一场霾
那么所有的言辞都不过是
美丽虚幻的肥皂泡

（此诗发表于 2019 年《诗选刊》平台）

匍匐在大地的银杏叶

在这个落叶飘飘的冬天
纵然银杏金黄，也无可幸免
一夜寒风，零落一地
有些无辜，有些悲凉

尽管，高贵的银杏是鄙视寒风的
但它最终却被寒风打破
不得不离开自己栖息的枝头
坠落在滚滚红尘中的泥淖之中

泥土迫不及待地席卷着满地余黄
雨水淋漓，还有那行色匆匆的脚步
以及那一拨一拨前赴后继的车轮
它们都是纵恶者和施恶者
在所有暴力的肆虐下
美丽金黄的银杏终是惨不忍睹
一夜风雨，竟匆匆了此一生

（此诗发表于 2019 年《诗选刊》平台）

盘龙七

盘龙七，秦岭上的一株草
有着绿绿的叶子，鲜亮的花
寂静地生，寂静地长
任凭风吹雨打，岁月静好

它生长在高高的山崖
贫瘠的石缝是它的家
当别的植物都在追逐光明
它却独独喜欢潮湿阴冷

因为其异于常物的禀赋
造就了一种独特的个性
——可以以冷制冷
它能以冷去风，以寒去湿
最终牺牲自己，成就别人

你的生命，曾经来过

——写给年轻的消防战士

当火警响起的时候

你总是第一个冲进火场

尽管你的生命同样弥足珍贵

但是你没有彷徨没有犹疑

彼时彼境 你的眼里和心中

装着的是祖国和人民

你也有父母 你也有亲人

或者有女友 或者还没来得及享受爱情

就这样在烈火浓烟中消殒

年轻的生命犹如昙花一现

太过短暂 太过匆匆

只将年轻的身姿留给了祖国和亲人

如花的生命就此定格

定格在永远的青春年轮

你是一颗划过天际的流星

我们 我们都看见

你曾壮烈而又英姿勃发地来过

令山河悲壮 日月黯淡

（写给最亲爱的消防战士）

奔跑者

若一只猛虎，若一只雄狮
越过高山，越过平原
越过千山与万壑
终于来到水草肥美的芳草地

一路上，有过艰辛有过磨砺
有过风光，有过坎坷
有过披肝沥胆，壮志不言愁
亦有过岁月峥嵘，把酒当歌
而你终用一曲昂扬的旋律
唱响人生大河中动人的乐章

你始终，被梦想裹挟着
在一轮一轮的岁月中奔跑
从春跑到秋，从冬跑到夏
收获着一茬一茬的金黄

风没有挡住你奔跑的脚步
雨没有淋湿你心中的烈焰
霜寒雪冷炼就你钢铁般的意志
你以气贯长虹之势追星逐月
打造出一个自己的精神王国
拼出一个熠熠人间有情天
将辉煌与自信写上奋斗者的脸庞

是一只雄鹰，注定要搏击长空
是一只鲸鱼，注定要遨游大海
是一条汉子，注定要战天斗地

由此地到彼岸

曾经，你寓居山坳
曾经，你风雨飘摇
曾经，你朝不保夕
曾经，你未来飘渺

可是一个人的临危受命
盘活了一条冬眠的睡龙
让一条龙有了斗志的昂扬
重新崛起腾飞，飞越藩篱

你才知，山外有山
你方知，天外有天
你不再肯盘踞于大山之一脚
你腾空一跃，奔向五湖四海
从此，海水为你殷殷让路
从此，白云向你频频招手
从此，你的道路越来越宽
从此，你的梦想越来越远

由此地到彼岸，有多远？
或许此生不复相见
或许远在万水千山
也或许，仅仅只在一念之间

第三辑　清风流云

心若有莲，清风自来！

莲　生于水　出于泥
依然亭亭
馨香四溢
身无半点污物
灼灼笑迎长风
可谓大美大雅

一直以来
喜莲
喜莲之端庄
喜莲之优雅

喜莲之高洁
喜莲有君子之风

立于荷塘之畔
总抑制不住好奇
为什么淤泥横陈的池塘
会生出如此高贵的尤物
有时　真令人自叹弗如

人若如莲
就能抵御种种诱惑
人若如莲

就可少犯许多的错误

人若如莲

就知何事可为何事不可为

人若如莲

就该积蓄能量努力地进步成长

人若如莲

必会胸怀磊落无私坦荡

人若如莲

定能一身风骨刚直不阿

人若如莲

必一心向民情满乾坤

人若如莲

必清风朗月大爱于天下

你若如莲

我若如莲

他若如莲

世人皆能如莲

皓月当空之下

清风送爽之间

必是一片最美最美的荷塘月色

无事的时候

看看莲

看看泥塘里的莲

再看看自己心里的莲

可曾沾染灰尘和污物

哪怕是一些细小的微粒
也该及时地清洗与梳理
让它始终亭亭玉立
不蔓不枝
中通外直

心空方能容万物
心空才能济天下
无欲则无敌
万物复不可侵
心若有莲
清风自来
以"莲"为镜
时时反窥自己
以莲之品格要求自己
以莲之精神鞭策自己
以莲正已
以莲正人
世间才能清风浩荡
人民始能幸福安详

（此诗发表于 2014 年 7 月 8 日《三秦都市报》）

是谁走漏了风声？

是谁走漏了风声
让你们如此焦灼与不安
本来夜黑得寂静无声
偏偏有人将哨子吹响
惊扰人们沉沉的睡眠

生活如一锅五味汤
总有诚实，总有善良
总有哄骗，总有欺瞒
可真理永远是真理
真相永远是真相

风声总爱穿墙而过
风声也总能破窗而入
哪里有缝隙
哪里就有风声
说奇怪也奇怪
说不奇怪也不奇怪
这世间没有不透风的墙
因而吧，走漏风声
也总是在所难免
别怪谁走漏了风声
风本是自然之物
常常，无孔不入

最美的遇见

晶莹的露珠和清晨的阳光

一起跃上枝头

我和你遇见

在最美丽的春天

你是一朵多情的桃花

在乍暖还寒的时节

拔开淡淡的水雾

绽放出迷人的笑靥

深情的目光

如烈焰般灼灼

在漫山遍野

灼痛了睡意惺忪的春天

顿时　春天打一个滚

苏醒过来

于是　人间春意潇潇

蜂拥而来

麦收之后

当沉甸甸的麦穗被收进粮仓

当所有的希望被束之高阁

大地显出了前所未有的空旷

它舒展着身体

裸露着一地的安详

大地如此　如此宁静

宁静得如一片波澜不惊的海洋

从来没有以如此的视角

去端详和审视一片土地

突然 突然觉得大地很悲壮

悲壮得如一片刚刚厮杀过的战场

（此诗发表于2020年《石门文艺》第2期）

当风吹开水面

当风吹开水面
水面起了巨大的波澜
一圈一圈　随风荡开
旋成一个幽深的黑洞

原以为世事永远是一个圈
原以为水面永远波平浪静
原以为爱人永远不会背叛
原以为乌云会永远占据蓝天

哦　太多的原以为　原以为
其实这个世界充满变数
没有什么是可以想当然的
没有什么事可以一成不变

唯一不变的　我想
糖应该是甜的　醋应该是酸的

（此诗发表于 2020 年《石门文艺》第 2 期）

早春

初春的太阳下面

埋藏着一颗躁动不安的心

一朵娇嫩的花蕾偷偷爬上了枝头

心向往那万里晴空的明媚

暗恋那一池碧绿的春水

嫉妒于燕子的双双与对对

不顾早春的寒流

愣将自己绽放在枝头

却不曾想到这一刻会有多久？

忽然　有乌云袭来

天色开始变得阴暗

雨裹着雪花洒落于枝间

那薄如蝉翼的花瓣

怎禁得起雨雪的摧残

一片一片的花瓣伤痕累累

美丽的花儿逐渐枯萎

那浸出花间的液体

你可知是花的血还是花的泪？

我不是诗人

我不是诗人
却有着一颗浪漫的心
常常　我会对着蓝天白云
明月　清风
独自浅唱低吟

我不是诗人
却有满腔的热忱
每每　我会对着三山五岳
碧波　浊浪
倾洒一腔豪情

我不是诗人
却有一颗洁净的灵魂
偶尔　身边有丑陋邪恶
嫉妒　怨恨
我只当是眼前飘过的浮尘

我不是诗人
却有一颗永远明朗纯净的心

借我一片阳光

我想对您说

请借我一片阳光

帮我驱走黑暗

因为我的世界漆黑一片

我找不着前路

也看不到未来

我使劲地睁大双眼

却什么也看不见

只感到周围乱石林立

杂草四处蔓延

我艰难地置身其间

没有路能让我再继续向前

我想对您说

请借我一片阳光

好给我一点温暖

我的世界是如此严寒

没有光的亮度

也没有火的温度

只有丝丝寒气将我围困其间

我想跳出这寒冷的怪圈

左冲右突

却始终挣不脱这寒冷的禁锢

我感觉身体在慢慢变冷

害怕自己终究会凝固成一个雕塑

我想对您说
请借我一片阳光

（写于人生的低谷）

窗外的夏天

一只小鸟在窗外不停地飞来飞去
一会儿站在电线上
一会儿立在窗台边
六层高的楼房
我好担心　它会掉下去

叽叽喳喳　不停地叫来叫去
不知道它在说些什么
也不知道它想要表达什么
只是　我看到它的眼睛里
流露出一丝丝烦躁与不安

心灵的港湾

行走在这茫茫尘世之间
心儿飘零了多年
曾经的沧海已经变成了桑田
却没有一个可以停泊的港湾

也曾拔脚远足
也曾苦苦寻觅
却是 终不知
我的路 该在哪里

忽然 某一日
天边有彩虹升起
我循着那个方向疾步追去
不曾想 见到了异样的美丽

五颜六色 七彩斑斓
各种颜色交织在一起
变化莫测 蕴藏着神奇
似乎是在梦中曾到过这里

耳边传来人声鸟语
我收回目光 放眼望去
原来已有好多人停留在这里
自己并不是仅有的唯一

于是　我异常欣喜

有这么多的人结伴同行

那该是何等地惬意　从此

我将不再孤独　也不再失意

我知道　在这里

大家有着兄弟姐妹一般的情谊

相扶相持相存相依　我庆幸

漂泊的灵魂总算有了憩息之地

梦　落在了这里

心儿　便不再无依

因为　终于可以和你们一道

共同来编织这人生的美丽

孤独的新娘

每次　经过菜市场
总有一个人　吸引着我的目光
那是一位孤独的新娘
眼里总有一缕深深的忧伤

她也曾有过幸福的时光
她也曾将心儿靠航
如今　已是人去屋空
只守得月儿独自感伤

人生的道路　瞬息万变
总叫人有些措不及防
噩耗传来　来不及思量
快乐的新娘　顷刻断肠

作业当中　煤窑塌方
年轻的生命埋葬他乡
幸福太短　遗恨太长
孤独的新娘垂泪哀伤

生活的重担压在了瘦弱的肩上
于是　她来到了这个菜市场
在卖菜的日子里打发着时光
几分辛酸　亦有几分凄凉

每次　我经过她的身旁
总会不自觉得流露出同情的目光
——可怜的新娘
你何日才会找回快乐的时光

梅雨季节

梅子熟的时候
天降起了雨
那雨　连绵不断
如缕不绝
我想去采梅
总赶不上好天气
空看那梅子凋零一地

那一树梅子
曾是我的盼望
那莹亮的果皮
那酸甜的味道
令我年年怀想
更多的是
那里面有妈妈影像

春天 梅子开花了
花朵很繁
一朵朵玉白色的小花
团团簇拥在树上
我就在想
今年一准是个丰收年
一想到这儿
就满心欢喜

我要摘上一盘
将它供奉在母亲的坟边

我隔着小河遥望
从春天一直到夏天
梅子在我的目光中成长
渐至浑圆
再有几个太阳
它就会变黄
那是我等待的果实
更是母亲喜爱的味道

可是　谁曾料想
梅雨竟成霉雨
它持续不断
下个没完
白天下
夜里下
总不让河水退去
总不让泥地风干
那满树的梅子
在雨水中无声地凋落

大水退去
我去了母亲的坟地
只为告诉母亲

我没能给她送来

她最爱吃的梅子

可是　我竟然

意外地发现

在母亲的坟边

多了几座新的坟茔

据说　那是

在梅雨季节丧失的生命

于是　我的心疼痛不已

为母亲

为梅子

为失去生命的同胞

在这样的一个梅雨季节

我们丢失了太多太多

不只是因为梅子

更因了一份惨痛的心情

（此诗发表于 2011 年《商洛诗歌》）

午夜时分

在这样的一个夜晚

我失眠了

我从来没有

没有如此认真地聆听过夜的声音

夜就这样　漠漠地

漠漠地

铺天盖地地向我袭来

像一张巨大的网

将我笼罩在里面

我想挣脱出来

浑身没有一点力气

我就这样　无助地

无助地任由夜的触摸

听　谁家的狗

在疯狂地叫着

还有夜归的人

门窗相合的声音

以及街上走动的车辆

甚至是一只蜘蛛

在我的窗口轻轻地爬过

我都听得见

原以为　夜很宁静

其实　夜并不宁静

（此诗入选 2015 年《陕西诗选》）

是谁拿走了我的幸福？

在这个落叶飘飘的秋天
心有点乱
乱得让我无法理出它的经纬
有一种思绪
叫心乱如麻

我以为
幸福很简单
但是
为什么
实现它
却又会那么难
我问自己
幸福过吗？
心发出一声长长的叹息

是谁不肯给我幸福
是谁拿走了我的幸福
是谁剥夺了我的幸福
对于生活
我不曾奢求
可谁曾想
一份平实与知足
也如此不易

风掠过耳际

呜呜咽咽

如老人的哭声

满是悲怆与伤感

这个季节

有谁同我一样

徘徊在人生的十字路口

不知所向

白月光

是夜　月寒如水
偶尔
传来几声
秋虫的呢喃
倏忽一声
便没了踪影
唯有　白月光
苍凉 清冷 漠漠地
悬挂当空

白月光在为谁寂寞
白月光在为谁情伤
月光下
离人的眼
已模糊成一片
忽隐忽现
如水波荡漾
最后碎成一片片
在离人的泪中
无尽地散去
冷月无心

鸟的悲哀

树上　叶已落尽
只有光秃秃的枝桠
一只鸟儿　飞来飞去
在寻觅食物

树下　有双眼睛
鸟儿却不知道
"砰"的一声枪响
鸟儿跌落于地

网

我是一只飞虫
一不小心
跌落于你的网中
从此　插翅难逃

我想停留
可这并非是我的憩息之地
我想飞去
却终是无法逃离

我惊恐地望着四周
竟然有许多双眼睛
盯着自己　我才知道
这张网硕大无比

我禁不住有些害怕
他们要吞噬的不只是我的肉体
还有我的魂灵
我整个的自己将要毁灭在这里

哪儿是天
哪儿又是地
我摇摇欲坠
飘浮在风里

当我命悬一线间
我方幡然悔悟
所有的一切
都缘于我的无知与好奇

（此诗发表于 2009 年《商洛诗歌》第 1 期）

夜雨

白天　下了雨
一场很大的雨
说是晚上
还会下
我的心就跳动着
莫名的惶惑与不安

听说某处水毁了道路
听说某处房屋倒塌
听说某处冲走了好多的人
听说某处损毁了多少庄稼
我的心便愤愤地
对着这无情的雨水
恨起来

夜色刚上来
雨就下开了
如病重的人急促的呼吸
一阵紧似一阵
一阵急似一阵
我无心做事
呆坐于窗前

雨　旁若无人地下着

它丝毫不理会
我的惊悸与担忧
雨水声声若钟
敲击在我并不厚实的心上
让我惊魂未定
让我片刻难安

在那遥远的村庄
有我无数的乡亲
在那临水的河岸
有着我挚爱的亲人
在那高寒僻远的山中
仍住着未能搬迁的山民

我左手扡腮
无奈地仰望苍天
这　漫漫雨夜
他们在做什么
他们能做什么？
他们该有怎样的张慌与无措

记得很久前的一个雨夜
我们一家人在雨中
战栗了一夜
妈妈和姐姐烙好了大饼
我们各自备好了一件

换洗的衣物

准备在山洪爆发的时候逃离

曾经苦心经营的家园

我们就在这样在屋子中间

不停地来回徘徊

整整一夜

漫长的一夜

天亮后　雨停

我们才更衣落眠

那样的一个雨夜

于我　有着怎样深刻的记忆

（此诗写于 2007 年夏天）

护林人

我见你时　你正弯腰荷锄
腰上吊着一个旱烟袋
裤腿挽得老高老高
你说你在修一条通车的路
车不能至的地方
你明显觉出了寂寞

在这深山里
除了山林
便是鸟鸣
一年四季
唯有自然与你为伴
陪你度过黄回绿转
和人生的月缺月圆

虽然你习惯了寂寞
习惯了孤独的生活
可每每见到山外来人
仍忍不住两眼放光
仿佛见到了天外来客
哪怕是一个采药人
你也会热情万分
留住对方喝水吃茶
捧出自己满满的真诚

你是大山的守护人

你守住日月

你守住星辰

你守住了大山的茂盛和葱茏

和自己寂寂无语的人生

修一条路

不为人来车往

不为车辆奔忙

只为灵魂的抵达

让世界

不要遗忘

（此诗发表于2018年《延河诗歌·特刊》第2期）

那一场与年比肩的雪

年来了　雪也来了
雪以飞翔的速度
赶在了新年降临之前

一夜之间　堆积如被
把凸凹不平的人间
重重包裹
妆扮成一个迷人的童话
出来活动的
都是白雪公主和小矮人
大车和小车　都成了玩具盒子

我站在二十层的楼上
俯瞰着这漫天飘逸的美丽
童心渐起
伸手接一片飘飘摇摇的雪花
雪花虽大如鹅毛
却入掌即化

这世间　有多少的人
禁不起触摸
这世间　有多少的事
禁不起触摸
远观　都很美丽

近瞻　却禁不得端详和推敲

正如这雪中的大地
虽圣洁而美丽
却不过是匆匆几日的逗留
玩一场与年比肩的游戏
尔后　将凸凹不平的大地
还给人间

（此诗发表于 2019 年《诗刊》第 4 期）

外乡人

没有人在意我从哪里来

也没有人在意我会去向哪里

我步履匆匆地走在人群之间

艰难地找寻着梦的痕迹

孤独的身影　在这个城市的上空

一遍又一遍地回放

心　有些凄凉

无法收回的却是那份向往

一座座高楼在我们手中崛起

一条条道路川流不息

我站在立交桥上将它们尽收眼底

那里留下了我们太多的汗水和心力

逐梦的外乡人　你就如一只风筝

飘零在广袤无垠的天空

家　该在哪里？

梦终究又会驻留在何方

啊　异乡人

孤独的异乡人

你虽不属于这里

但是这里却因你而日新月异

啊　异乡人

寻梦的异乡人

或许你并没有创造奇迹

但是生命里定会留下深重的印记

我们是异乡人

我们并不自卑

我们是异乡人

我们也不会自己看不起自己

我们热爱生活

我们也珍爱自己

我们用自己的双手找寻明天

虽不辉煌　　但也美丽

（此诗发表于 2018 年《延河诗歌·特刊》第 2 期）

我的爱戴须配得上你的德品

我不要求你有山的高度
我不要求你有海的深度
我不要求你有天空的广度
但我的爱戴须配得上你的德品

如果你是一只贪得无厌的硕鼠
我不会为你的贪心掏尽我的粮仓
如果你是一只穷凶极恶的恶狼
我不会任由你将我咬伤
如果你是一只散发臭气的臭虫
我会为你的臭不可闻避你十里
如果你是一只善恶不分的狐狸
你最终会倒在猎人的枪下
那穿空的枪鸣是对你最好的告祭

做一个善良的正直的明辨是非的人
让人民打心眼里尊敬爱戴和铭记
以不负你肩上的责任头顶的光环
也不负养育你的父母和对你寄予厚望的祖国

如今，我也是一位母亲

当风束起了我长长的黑发
当雨将我重重的心思放下
当雷再惊不起心中的火花
当雪洁白如羽轻轻地飘洒
我已收敛起所有的梦幻和初心
成了一个肩负神圣使命的母亲

我愿意忍受九月怀胎的煎熬
我能够承受分娩的阵阵巨痛
我甘愿为怀中的孩儿彻夜不眠
我安静地等待幼苗茁壮的成长

每一天，我都在殷殷地等待
每一天，我都在切切地盼望
盼望笑颜如花，盼望咿咿学话
盼望吾儿放开手脚开始走路
当一切如我期望，安然无恙
我方不再迷茫，不再惊慌
一颗高悬的心如石头轻轻落下

当我终于成了母亲的时候
我竟万分怀念起幼时的母亲
在那个冬日漫漫的寒夜
母亲捂着我冰凉的小脚

像是捧着一颗夜明宝珠

那样的小心翼翼，将我呵护

母亲的爱就像是暖暖的春光

让生命中所有的岁月次第绽放

（致自己，写于 2020 年的母亲节）

像风一样的女子

满面笑靥　如桃花盛开
所到之处　天朗气清阳光灿烂

坐如钟　立如松　行如风
不惧不畏不怯　不怨不骄不嗔
把世事看在眼里　把悲喜藏于眉际

煮一杯清茶　纵横日月
偷一朵阳光　把生活点燃

山河大好　容我吟诗赋词
岁月如歌　且把悲喜放下

携一缕清风　与时间赛跑
展一帖宣纸　任我涂鸦

从此　江山如画
无限风景　皆为我心灵之花

（此诗发表于 2020 年《石门文艺》第 2 期）

第四辑　高山仰止

正者无敌

您从韶山冲走来

一个农民的孩子

用信念让一个民族改天换地

山为您呐喊

海为您呼啸

黄河长江也在为您欢笑

您用一腔正念令天地惊鬼神泣

挺直民族的脊梁坚韧不屈

誓将自强不息进行到底

风雨雷电为您让路

妖魔鬼怪向您低头

您让一个衰弱的民族如钢铁般挺立

从而创下了人类历史不朽的奇迹

九州风云　心魂激荡

全世界向您致敬行礼

正者如泰山　永远坚挺地屹立

正者如江河　永远向前奔腾不息

正者如日月星光

永远令天地浩然正气

君子如玉

您的一个微笑　若海纳百川
您的一个眼神　能将炉火点燃

对人民　您若父母兄弟
对敌人　您言辞铿锵声色厉疾

行不改其道　永远是您坚守的真理
玉不改其白　永远是您本色的呈现

您为国为民　穷尽一生
您大爱无疆　苍天可鉴

中南海西花厅的海棠开了　年又一年
那可是您留给世界永远的笑脸？

梁家河窑洞的惦记

您来了，我没有意外，亦没有惊异
游子的归来，又有什么好奇
梁家河是一条什么样的河，我不清楚
但我深知，它于您是一片犹如母亲般的土地
您的根在这里，您的梦在这里初启
它的过去与现在都与您枝叶相系
梦虽然远走，但爱却不曾离去

踏上这片土地，心便在了故乡
熟悉的乡音乡情，怎么可以忘记
那一片片黄土高坡，还有信天游
以及梁家河窑洞白与昼的记忆
唤一声"老乡"，山高水长
呼一声"近平"，醉了时光
青山不老，绿水流长
风过了无痕，雁过了怎会无声？

北风吹过黄土高坡，依然凌厉
没有吹冻河流，也没有吹粉桃花
却吹开了人们脸上如莲的花朵
都说阳光可以让人温暖
还有火炉，辣味及白酒的刺激
可现在，最让人温暖的是人心
还有与大爱相携的故人

梁家河的岁末，或许有阳光

也或许还有热乎乎的土炕

可怎抵得过心头那一片灿烂的霞光

尽管，您来了，还得走

尽管您不可能做长时间的逗留

因为您是人民的儿子，大地的赤子

九百六十万平方千米的土地处处都是您的惦记

这，这一切都没有关系

有您的爱、关怀和惦记

梁家河的人民自当悄然奋起

爱浓浓，意拳拳

顷刻间，已是碧海晴天

（写于2015年2月13日回梁家河之际，刊发于《清风》杂志）

一座城墙　一个人

一座城墙　根植西安

天高地阔　横竖见方

有人说它古老　有人说它流长

有人说它传奇　有人说它沧桑

甲午岁末

风裹着新年的气息

一个人悄然而至

登临城墙

于是时间在此定格

一个叫腊月二十七的日子

定格成一场时光的晚宴

一个人　似乎没有什么与众不同

一个人　又恰恰与众不同

众生相同的是皆为父母儿女

众生有别的是肩挑济世乾坤

城墙还是昨日之城墙

城墙又非昨日之城墙

不变的是城墙里的地理与构造

变了的是城墙上多了一个人

一个心怀天下悬壶济世的人

一肩挑着江山社稷

一肩挑着百姓黎民

城墙有多宽

城墙有多厚

岁月是一把尺

它量进了年轮

亦量进了人心

人心是一杆称

称出了盛世年华

称出了万民欢欣

城墙本已古老

何妨再加进一个夜晚

一个夜晚

令时光流转 瞬息成永远

（写于 2015 年 2 月 15 日，刊发于 2016 年《新国风》杂志第 1 期）

在这个特殊的雨天

这一天，樱桃第一次上市
这一天，心空被关怀点燃
这一天，洒下四月的第一场雨
这一天，街上和路上储满了
——许多期待和盼望的双眼

您踏着点点的微雨从容而来
目光中是满满的慈祥和关爱
穿过八百里广袤的秦川
穿过幽长而神秘的秦岭长隧
把春风和雨露送进秦岭腹地的柞水

您，不远万里奔爱而来
于柞水人民是一个怎样的惊喜
沉寂的柞水被您刷新了奇迹
天空因此为您洒下感动的泪滴

一个十六万人口的县城有多小
在中华大地上只是沧海一粟
可是您没有忽略，也没有忘记
仍是时时把它装在厚实的心里

柞水是个被大山环抱的山区小县
可您却说青山绿水就是金山银山

生态旅游带动产业发展风光无限
小小的木耳也能创造瞩目的实绩

您谦和地站在人民群众中间
像是一个久别的父母或者是兄弟
您眼望四方微微笑着满含爱意
为每一个人送去您的款款心曲

大爱无疆，谁言寂寂寸草心？
众志成城，共筑锦绣中国梦！

河边摇曳的绿柳，迎您而来
巍巍庄重的青山，送您而去
您推开车窗摆一摆手告别致意
这个雨天因您而刻进时间的记忆

（写于 2019 年 4 月 20 日视察柞水之际）

纪念屈原组诗四章

跨越千年的思念

仁立在汨罗江边

思绪跨越千年

拨开往事的风尘

记忆犹如一缕轻烟

依稀仿佛之间　有一位

伟大的诗人在向我们冉冉走来

唱着离骚　吟着楚辞

倔强地挺立在风雨雷电之间

天空黑了又亮　亮了又黑

终有一束穿透宇宙的光芒

瞬间将苍穹照亮

诗人去了　留下了不朽的灵魂

诗人去了　留下了永恒的篇章

你可知道　年年包粽年年吃可是为谁？

你可知道　艾叶菖莆里飘散的

——全是你的味道！

（此诗发表于 2019 年 6 月 6 日《陕西日报》）

五月的汨罗江

五月的汨罗江
有些忧伤　有些悲怆
我听见
它在发出低沉的呜咽

风吹开了岸边的芦花
洁白一片
千朵万朵
都是献给诗人最圣洁的祭典

秭归秭归　魂之安归？
两千多个端午
汨罗江始终在咆哮
无法停止它最沉痛的悲鸣

风为之抽泣　雨为之落泪
大地为之沉寂
唯有汨罗江怒吼着向前
背负着诗人不屈的意志

走向岁月漫漫的明天

诗人去了魂还在
诗人去了志尚存

一个悲壮的生命
奏起一曲千年的阙歌
传颂古今

五月注定是属于诗人的
五月也是属于华夏子民的
他们与它同汨罗江一起
吟唱着风雅颂
将人间大爱与道义传承

时间骤然停止
光阴悄然逆转
我们和诗人一起
用天地间最浑厚的声音
和出一曲爱国者之歌

（此诗发表于 2019 年 6 月 6 日《中国文化报》）

为你做一只粽子

我要为你做一只粽子

一枚世界上最大的粽子

以大地为叶

以沙粒为米

用坚贞与风骨当佐料

精心包制而成

然后搬运到汨罗江边

以最大的声势将它投入江中

不为喂鲨鱼

也不为给屈原解饥

只为让人们记住

记住这个不寻常的日子

——五月初五

以及那个以身殉国的三闾大夫

（此诗获得"艾香杯"优秀奖，入选 2019 年《中国新诗排行榜》）

屈子颂

你是一颗璀璨的星
闪烁在黑暗的夜空
你如一轮皎洁的月
照亮了夜行的路程
你熠熠的灼人的光芒
像一座明亮的灯塔
指引着迷路的人们
因为你　我们有了方向
因为你　生命不再迷茫
在你如炬的双眸里
我看到了你智慧的灵光

你因爱而生
又为爱而死
因为爱 你要努力地抗争
因为爱 你不肯忍辱偷生
你用你不屈的生命
为你的祖国
画上了一个大大的惊叹号
令天地泣　令鬼神惊
你喷薄着热血的生命
在汨罗江里静静地沉沦
最后　化为岁月的烟尘

你含着悲情离去

奏响了一曲生命的壮歌

留下了一首千古的绝唱

令千秋岁月　浩气长存

令万古长空　光芒永驻

山因你而顿显渺小

水因你而尽失波光

你诞生了伟大和不朽

成长为一个永恒的精神巨人

我们　站在你的脚下

以一种朝圣般的心情在仰视

却见你头顶青天　脚踏大地

已与天地并齐

（此诗发表于 2019 年 6 月 6 日《陕西日报》）

诺贝尔的哨声

诺贝尔的哨声　如一支响箭

"嗖"的一声　划破长空

惊扰了沉静的人们

在 2016 年深秋的夜晚

人们开始喧嚣　哄闹

这是一场文学的狂欢

桂冠却被一个叫鲍勃·迪伦的摇滚歌手摘走

人们惊诧之余　蓦然发觉

诗歌　诗歌

原来诗与歌本为一家

互不分离

诗为歌的载体

歌为诗的另类艺术

什么样的诗是好诗

什么样的歌是好歌

什么样的诗歌是好的诗歌

答案在风中飘荡

（写于 2016 年 10 月鲍勃·迪伦获诺贝尔文学奖时）

122

一株倔强的青蒿

2015 年　冬天即将来临的时候

一个喜讯如惊雷般炸开

中国科学家屠呦呦获诺贝尔医学奖

不到半个小时的时间

屠呦呦的名字像飓风一般刮过世界各地

呦呦鹿鸣　食野之苹

一个从诗经中走来的女子

她用青蒿挽救了数百万人的生命

她用青蒿给世界带来了吉祥的福音

多少年如一日　她坚持不懈

同一株青蒿做着最深入的交流

摸索它的性能与功用

最终成功提取青蒿素

攻克了人类抗疟的最大难题

于是　一个诗经女子

便变成了一株倔强而顽强的青蒿

恩泽着普天下的众民

世世代代　生生不息

（写于 2015 年 10 月年冬屠呦呦获诺贝尔医学奖时）

123

轮椅上的人生

十八岁的时候　便坐进了轮椅

而这一坐　便是一生

此为何人　霍金也

提出黑洞学说的英国科学家

他用超人般的意志

与疾病和残酷的人生对抗着

愣是将十八岁的生命

拓宽为七十六个年轮

因为梦想和理想

轮椅中的他接收到了世界的目光

一个残疾的无法自由驰骋的身体

竟然散发着金子般的光芒

霍金去了　去了的只不过是

一副肉体和皮囊

而他的智慧的灵魂

便如这浩瀚的宇宙

幻化为时光中的永恒

（2018年3月14日霍金去世时，发表于2018年《民族博览》）

致天国里的路遥

路遥　路遥

一个多好的名字

满是吉祥和瑞气

就生命本身而言

谁不希望人生遥遥

可谁想

路遥却并非能真正的路途遥遥

您像是奔驰的火车驶出了轨道

您像是飞翔的雄鹰折断了翅膀

才华横溢的生命

在四十二个年轮之后戛然而止

若琴断了弦

再也找不到相续的结点

您走了

带着一腔豪情　满腔宏愿

带着高天厚土　壮志未酬

心有不甘无限留恋地走了

凄凄惶惶万般无奈地走了

身后　文字为您作了最好的祭典

您是平凡世界里的一个人

您又是平凡世界里的一个不平凡的人

您用一双慧眼洞悉了世界

您用文字征服了人心

一曲浑厚的信天游

唱出了黄钟大吕的气象

从此　陕北不只是一片黄土高坡

更刻满了时代的雄浑与悲壮

一代人的命运

在您的笔下定格

定格成时代悠长的缩影

而您　也在时光中站成了永恒

病魔夺走了您的肉体

却夺不走您顽强的精神和意志

您用一种顶天立地的昂扬

将自己留在了时代的风口浪尖

任时光品读　任岁月鉴赏

生　写满了传奇和悲壮

死　谱就了孑世独立的辉煌

而今　您的名字已不再是一个符号

它已成了一个时代铿锵的代言

天国里的路遥　您还有遗憾吗？

天国里的路遥　您笑了吗？

天国里的路遥　您料到今天了吗？

天国里的路遥　您该含笑九泉！

（写于路遥周年祭）

一朵云的悲伤

天空突然黯淡

阴风乍起

云感到了从未有过的沉郁

透过烟雾迷离的苍穹

云看到了驾鹿西去的人

淡定安详

不惊不惧

眉宇中跳动着慈悲的气息

好人　　这是一个好人

好人怎可以仓促离去

好人怎可以匆匆逝去

是谁无视他的宽厚与良善

是谁无视他于中国文坛的贡献

是谁将他的生命逼向绝际

是谁在摧垮人类的精神高地

是谁将一颗不朽的灵魂匆忙带去

风黯然

树黯然

水黯然

山黯然

云流下了这个春天仅有的泪滴

云默默着　　默默着

它以一种旷世的悲情沉默着

可还有比《白鹿原》更高的山

可还有比忠实更慈悲的人？

云不知道

树不知道

水不知道

山也不知道

能够盖棺定论的是作品

能够盖棺定论的最终还有人心

驾鹿西去的人

悠悠然进了天堂

只是不曾想见

人间已经塌方

万民同唤

国人同呼

君民同悲

灞河的水哟在咆哮呜咽

这是一个文人最后的盛宴

悲声四放的中华大地

在反复吟诵着一个词

忠实千古

忠实的远去

云无法挽留

只能黯然地神伤

发出一声声长久的喟叹

忠实之后

谁可复出

谁还能擎起中华的文明之柱

谁还能享有如此盛大的国哀？

此当留待高天厚土

留待阔水苍天

留待一个个在文学路上的攀行者

生死两界

无人可以置身事外

生可以一样地到来

死却是功与过的梳理

有什么样的人生

就有什么样的结局

大敬于人之人人必敬之

大爱于人之人人必爱之

这是一个颠扑不破的真理

云懂得

却又满含期待

云向西边挥一挥手

表达了一朵云最后的敬意

先生　安息！

（写于 2016 年 5 月 2 日陈忠实离世之际，发表于《西北文学》）

在无尽的乡愁中就此远走

2017 年冬日的一个早晨

凌冽的北风呼呼地吹着

在海峡彼岸的高雄

一个老人在无尽的乡愁中远走

他一生渴望还乡

至死也没能回归故乡的土地

那方土地　似乎伸手可及

又似乎千里万里

如今啊　如今

乡愁仍是那一湾浅浅的海峡

它阻隔着多少人的血肉相牵

它又让几辈人望眼欲穿

一生的痴心　都在对故乡的回望中

游子的思念呐

翻腾如海峡上咆哮的浪花

永难止息

（写于 2017 年 12 月 14 日余光中离世之际）

关于李敖

李敖　是我很早就知道的一个人

读过他的书　品过他的杂文

因其才华横溢　言辞犀利

名冠海峡两岸

此公笔健　锋芒更健

粉丝无数　树敌亦无数

于是文坛　有了纷争

有了纷争　便有了江湖

一个江湖　因李敖而生

一个江湖　因李敖的逝去而远去

人的一生　总要盖棺定论

关于李敖　能留下什么

留待时间去考量

（2018 年 3 月 18 日李敖离世之际）

送金庸

——以此诗为一代武侠小说宗师金庸先生送行

今日　是 2018 年 11 月 13 日
一个阴云密布而惨淡的初冬
天空　冷得太阳藏了起来
大地　冷得人们悄悄拉紧了衣衫
就在　就在这寒意萧萧的一天

金庸先生离我们远去了
灵与肉一起永远地离我们而去了
自此　他将成为一个传说
和他的武侠小说一样
成为文学江湖里一个不朽的传说
化作一缕轻烟　自此纵身云霄
笑傲江湖

10 月 30 日　金庸先生以九十四岁的高龄仙去
在那一瞬间　消息如原子弹爆炸
一个关于金庸的江湖沸腾了　咆哮了
一时间哀声遍地　风起云涌
各个年龄段的人都对他表示了哀悼和敬意
一代武侠小说宗师
开辟了一个另类的人间江湖
义薄云天
他用文字为人们演绎了一个个
成人世界里的精妙绝伦的童话

将爱恨情仇抒写成凛然大义
凄美至极

自小　读着金庸的武侠小说长大
从他的小说里展开了对世界的认知
并确立了自己最初的人生观
他和他的武侠小说都是我成长岁月里
永远抹不去的一味奇幻的记忆
他的小说和他的武侠江湖
就如一剂多味的人生佐料
让我的心灵不再荒芜和贫瘠
在刀光剑影衣袂飘飘里领略善与恶
人生与家国的大是大非
还有天高地远　世事的风云变幻
以及那长发飞扬玉扇纶巾的爱情婉转

同为写作　金庸先生与我并无交集
但他的离去　亦令我倍感伤怀
他的离去　带走的不仅仅是一个武侠江湖
也是一个我少年时代多彩多姿的梦
或者说　我的少年我的青春都与之有关
从某种意义上来说　我也算作是一个金粉
一个迷他作品迷了多年纯粹的金粉
因为在他的武侠故事中
总有我喜欢的人物类型
那里亦有着我人生的追求和向往
品读其中

为之喜为之悲为之徘徊和留恋

他的离去　让那个江湖似乎一下远去

成为一个远走仙山海市蜃楼般的传说

今日　金庸先生彻彻底底地远去

在这个冬天迅速来临的时候

先生步踏着莲花去了仙台楼宇

仅留下了他的武侠典籍版本

和那些个充斥着家国情仇的武侠江湖

作为一个迷他作品多年的读者

以及一个文字的抒写者

总觉得该以一种方式为他送行

送送这个文学前辈　送送这个老人

送送这个开辟了武侠小说的一代文学宗师

山高路远　而我能有的只是手中的这只笔

那么　在这样一个阴风乍起哀伤遍地的日子

且留下一点哀于与先生惜别的诗行吧

以诗为先生祈福　以诗为先生饯行

愿先生仙安　文韵高古

更愿理想不灭　江湖儿女多英豪

（写于 2018 年 11 月 13 日金庸离世之际）

一路向西的画家

向西　向西　是每个人的终点
向西　向西　是每个生命的归宿

一个画家　从浙江来到西安
一个目光深情的驻足　便是六十年
把渴念化作手中飞舞的画笔
舞出宣纸上最动人的音符
沉寂的黄土地哟
因此绽放出耀眼而迷人的花朵

一阵劲风吹来　笔折
那些绽放着泥土气息的画卷
瞬间　尘封进了历史
成了时光深处的彼岸花
一个身躯轰然倒下
热爱生活的灵魂飞出躯体
乘鹤仙去　一路追逐向西
向西　向西　再向西
把爱挽留　把信仰永远追随

（写于 2019 年 7 月 7 日黄土画师刘文西先生离世之际）

135

在这个清明到来之前

在这个清明到来之前　雷达走了

知悉这个消息时　我在和家人踏春

眼前的樱花和桃花顿时黯淡

在午后的阳光下纷纷凋零

化作漫天花雨　在春风中萧萧而下

那跌落一地的花瓣啊

可是大地那沉痛而无声的悲音

这世间有多少的人经不起等待

这世间有多少的事无法驻留

这世间有多少的美好转眼成空

这世间有多少的希望瞬间封冻

生与死　竟在一点一线之间

或许　您还有很多的文字未能成行

或许　您还有很多的书稿胎死腹中

一支劲笔在 2018 年 3 月的最后一天

戛然息止

此后　再无点墨和运笔的身影

您曾经是一个观海听潮的人

用雷达一般的机敏和锐利

在文字的海洋中探索扫描

拣章择句　来回巡游

寻韬天之光　觅文脉馨香

发出一个时代的铿锵之声

于是文字便发出它的万丈光芒

大道远行　万世流芳

（写于 2018 年 3 月 31 日雷达先生逝世之际）

诗祭红柯

此时　我正在秦岭南麓的柞水

惊闻红柯仙逝的噩耗

我打了个趔趄　差点摔倒

红柯没了　一个如狮子般的勇士没了

竟然是被一阵风吹走的

而这阵风　恰恰是春风

春风没有吹醒河流

春风没有吹绿柳树

春风更没有吹开桃花

却将一个生命力茁壮旺盛

激情满怀　正当壮年的作家带走了

我站在风中　半天不能言语

心中盈满了痛惜惋惜和感伤

这不是红柯应该走的年龄呀

我问天　天不答

我问地　地不语

我问春风　春风装作没听见

我只有朝着西边的天空深深地鞠了三个躬

献上一个文学后辈的祭奠

我多想　去看看红柯

送上红柯一程

可万千的事务缠身　不能拨离

总以为未来很长　相见的日子很多

总以为是同道

可以一直相伴在文学的路途

可苍天无眼　人生无常

徒留一腔遗憾与惆怅

谁说春风没有罪

吹得人间净是伤和泪

看春风浩荡 人间却已无红柯

只有墨香留与后人追

（写于 2018 年 2 月 24 日红柯离世之际，发表于《阳光报》）

第五辑　红尘冷暖

六月的父亲

天一亮，太阳就像个火球蹦出来
父亲须赶在太阳出来之前下地
在六月浓烈的天气里
他总是在和太阳争分夺秒

下地时，他的头上总戴着一顶草帽
为遮太阳，也为突然而来的风和雨
年迈的父亲形容消瘦地立在地里
像是一个活动着的稻草人
或者挥镰收麦，或者锄草
或者深耕，或者增补秧苗

父亲一边耕种，一边收获
自己吃，也给我们几个儿女送
终究他吃的少，送给我们的多
那些青菜土豆玉米和瓜果
还有新鲜的面粉和馒头
都是父亲送给我们的应季礼物

吃着父亲送来的粮食和蔬菜
眼前就浮现出父亲流汗的身影
热辣辣的太阳，热辣辣的天
父亲从不抱怨，也从不埋怨

日日忙碌只为不让土地闲着

以及对儿女们深深的思念和惦念

（原诗发表于 2020 年 6 月 22 日《陕西工人报》）

母亲的爱

当一个细胞在你的身体开始孕育

就有一个生命被你用手心托起

改变了的不仅仅是一声称谓

更有一份神圣的使命不容置疑

从此你经历着血与火的洗礼

当一株幼苗在你的精心呵护下

长成一棵枝叶茂盛的大树

你却已经开始垂垂老去

当岁月的画笔涂写出你沧桑的容颜

无怨无悔依然是你心中那份永恒的期盼

母亲的爱　厚重如山

背负着我走过了人生的一坡又一坎

母亲的爱　博大若海

包容了我所有的率性和肆意胡为

母亲的爱是冬日的暖阳

照亮了我心中每一寸角落的阴暗

母亲的爱是夏日的凉风

拂去了我心中的阵阵烦躁与不安

人生有涯　母爱无边

（原诗发表于 2010 年 5 月 7 日的《首钢日报》）

母亲与酒

母亲并不威猛　也并不强壮

但却一生爱酒　好酒

只是　从不贪杯

母亲生了我们兄妹九个

只养活了六个

母亲怀了九个孩子

母亲坐了九个月子

母亲遭受了九次索命般的阵痛

在那个没有暖气和空调的年代

母亲患下了严重的寒症

用母亲的话说　这就叫痨伤

渗骨的寒症让羸弱的母亲难得自在

就算炎热的夏天依然有着透骨的寒凉

而唯一能够缓解母亲寒症的

便是酒　热辣辣而灼热的酒

为了驱寒　母亲每日都会小酌两杯

经年不断　积久成习

几块钱的西凤酒　泸州老窖　四川大曲

变换着出现在我们家的酒柜里

有时是儿女买的　有时是亲戚送的

在酒柜空了的时候

母亲会自己到二队商店里买几瓶回来
以让她度过寒症缠身的煎熬岁月

亲戚朋友都知道母亲有饮酒的习惯
逢年过节　或者是她的生日
都会带来两瓶白酒
是这些买的　或者是赠的酒
陪着母亲度过了几十年的渗冷与寒凉

母亲在酒的温热与辛辣中
度过了一年又一年　及至七十古稀
母亲老了　老得满头白发步履蹒跚
母亲老了　老得做不了布鞋拿不了针
就算如此　母亲依然为我们种菜煮饭
任凭我们如何劝说　总不肯将息

只是　年迈的母亲仍是离不开酒
每日的清晨　或者是黄昏
在老家凸凹不平的屋檐下
母亲小心翼翼地取出酒瓶和酒杯
在夕阳的余辉中不紧不慢地饮着
于是　时光便有了悠长而温暖的味道

梦见三哥

梦见三哥　是在一个夏日的夜晚

我在一身的湿热中沉沉入梦

梦境中　不知何时不知何处

我们兄弟姐妹团坐一处

而我已逝的三哥　也端坐其中

三哥依然是浓浓的黑黑的头发

认真而又有点倔强的表情

身着一件浅白色的衬衫短袖

我们七嘴八舌　你一言我一句

只有三哥　若处子般安静地端坐

印象中的三哥　终日忙碌

劈柴担水　耕地劳作

风里来　雨里去

要么一身汗　要么一身泥

一年四季难得穿着一件干净衣服

只在过年　换上那件洗净的中山装

那应该是三哥最好的一件衣服

因为 这件藏蓝色方方正正的中山装

总让年轻的二哥显得老成持重

似乎比实际年龄要大出好多岁

三哥走亲戚串门都是穿这件衣服

就包括相亲　也穿的是这一身

三哥娶了媳妇　有了自己的小家
可以独立地过自己的小日子了
谁也没有想到　三哥却患病了
而且是当时很难治疗的羊角疯
吃药　拔罐　扎针　贴膏药
洋法子土方子都用上了
都没能缓解三哥日渐恶化的病情
三哥的病一天比一天严重
严重到令我们沉默不语黯然神伤
严重到令我们声声叹息欲哭无泪
看着在病中兀自挣扎的三哥
我的心像是被人狠狠地揪着
一阵阵　生痛生痛
三哥是因为养育我们几个小姊妹
早早辍学　扛起生活的艰辛
落下了一身的痨伤和暗疾
可是我们却没有能力去除三哥的病与痛
一任他被病魔蹂躏和折磨
我们却束手无策　无奈地观望

终于　在一个夏日的夜晚
我们的三哥永远地去了
去得那样心有不甘
去得那样百般无奈
留下一个八岁的儿子和一个四岁的儿子
两个孩子在懵懵懂懂中送走了父亲

我们也在泪水和悲伤中送走了三哥

时至今日　三哥故去已经有二十余年
再有半月　就是三哥小儿子结婚的日子了
三哥是否也听闻了儿子大婚的喜讯
为自己的小儿子欢喜和祝福呢?
二十年的时间如流光一闪
三哥的小儿子也已然长大　成家立家
做父亲所有的担心和牵挂总算可以放下了
三哥　我苦命的三哥　你安息吧!

酒一杯，千年不醉

夜正好。风微凉
葡萄架下。正演绎着
一个千年的神话
新月如钩　紫薇鲜妍
牛郎穿过岁月的长空
踏着银河滚滚的波涛
奔向爱的鹊桥

成千上万的
喜鹊。搭成一座爱的
天桥。引渡了一对有情人
成就一段千古爱情
牛郎和织女四目相对
银河水也惊得频频闪退
在坚定的不屈的决绝的
爱情面前。所有的阻力
都会化为云烟

葡萄熟了。酿成了酒
醇红醇红。如熟透了的心
举一杯。眼波流转
迭荡出一个迷人的童话
童话里有我。还有
一张看不清的脸

陶醉在幸福的波光里

我始终微笑着　甜蜜着

红波　微微漾起

映着日月　映着星辰

映着爱人的脸。绯红

千年　千年不醉

（此诗获江西"金樱子酒杯"诗歌大赛一等奖）

等你电话

等你　在一个夜深人静的夜晚

想和你说几句无关紧要的话

电话滴嗒滴嗒　无人应答

你在阿达？你在做啥？

窗外雨意阑珊　星月不见

这样的夜　我怎能入眠？

等你　等你电话

哪怕只有一个字的应答

也让我寒凉的心泛起些许暖意

可夜　寂静如雪后的黄昏

我的心在一次次沉沦

等你　等到夜半三更

等你　等到心儿痛疼

等你　等到雨儿飞落

等你　等到日头东升

而你已化身为泥　再无消息

泠雨

屋外　雨一直在下

嘀嘀嗒嗒　不疾不徐

今夜　有谁的梦会被惊起

我独坐室内

静静地守候在炉火旁

看着水气袅袅地从壶中升腾

一点一点地弥漫开去

茵蕴着一个冬季

眼神有些飘忽

思想　却不能欺骗自己

我屏住呼吸

聆听着那熟悉的声音响起

一次又一次

脚步渐近又渐远

终是　无有你的任何消息

耳畔　依然是那清脆的雨滴

（原诗发表于 2020 年《石门文艺》第 2 期）

一场柏拉图式的恋爱

前世五百次的回眸

才换来我们今生的擦肩而过

你我的相识

注定是一个美丽的际遇

在那个百合花盛开的时节

你来了

我便来了

没有早一步

也没有晚一步

正巧赶上

我的一低头

你的一凝眸

顿有电流在心中激荡

就这样

你走进了我的世界

我走进了你的心房

纵然千山万水

也没能阻隔两颗心的彼此思念和向往

你说　要我和共赴一场绮丽的约会

在那个冬日的午后

阳光洒满大地的时候

我践行在原地

却没有了你的消息

空留我寒风拂面

相思成霜

今夜，心如止水

突然，觉得一切都不那么重要了
突然，觉得一切都不用牵肠挂肚了
突然，觉得一切都不用费尽心机了
心里忽然觉得像一只鱼儿悠然自在

这世界　太多的明争暗斗
这世界　太多的相互倾轧
这世界　太多的尔虞我诈
这么多年　实在是太累太累

为争一口气　为争一片天空
为争得人的关注和尊重
为争得一口稳当的饭吃
我失去了很多的轻松和自由

今夜，当看穿这一切之后
感觉到从未有过的轻松
其实很多东西在生命中并不重要
我们太过于看重了它外在的光环
剔开这层光环之后
什么什么都无足轻重
唯有快乐和健康值得我们紧紧攥住
其他的万般浮华其实都可以放手
内心的回归是我们最大的守候

幸福不是万千浮华聚于一身

而是最怡心最自在的一个笑靥

愿你成长如树

二十八年前的那个腊月

一个寒风呼啸的下午

你呱呱坠地

从此　你的人生启航

幼时的你　极爱哭泣

常常哭得你妈　外婆

还有年龄尚轻的小姨

全都手足无措

我们三人围着你团团转

却又莫可奈何

直到你哭够了　雨过天明

俏嘴一笑　万千烦心化为乌有

你有过无忧的童年

你有过无虑的少年

你有过多彩的青年

你是亲戚眼中的小帅哥

你是父母面前的乖孩子

倘若谁有了烦心事

你总会轻轻地拍一拍肩

轻描淡写地说一声

没事的　一切都会过去

于是　所有的烦恼也都被你

这一句漫不经心的话带走了

而今　你已成长如树
高大　挺拔　伟岸
开始立家立业重塑人生
成了可以抵挡风雨和独挡一面的人
作为小姨的我　有多为你高兴
又有多为你欢欣　为你击掌叫好

此时此际　良辰美景人间佳期
我们一起见证你花好月圆的幸福时刻
万千话语　不如祝福
祝福你们相敬如宾　举案齐眉
祝福你们白头携老　心心相印
爱是两情相悦　爱是两心相许
爱是一诺千金　爱是一生重托
愿你们携起爱的手托起爱的心
一起走向琴瑟年华　如花人生

（写在 2019 年 4 月侄子骆仁轩结婚之时）

致友人

天上的云儿悠悠地飘着
地上的风儿慢慢地吹着
为什么，你
我的朋友
会这么地忧伤？

树上的鸟儿尽情地唱着
水里的鱼儿欢快地游着
为什么，你
我的朋友
会这么地忧伤？

夜晚的月光朗朗地照着
耳畔的音乐缓缓地流淌
为什么，你
我的朋友
还是会这么地忧伤？

时光中的痛

总有一缕心绪会被勾起
总有一根心弦会被拨动
往事并不如烟

任凭流年似水
任凭光阴如前
在时光中总有一种痛
叫作莫名的"悸动"

哪怕隔着千山万水
哪怕远赴海角天涯
也依然无法淡却
隐藏在心底深处的伤

总在某个风起的时刻
心潮如暗流涌动
拔开伤口
一任风将绽裂的伤痕吹干

夜，寂寞无语

一盏灯，昏黄
夜，漆黑如团墨
绿萝慵懒地耷拉着叶子
屏幕闪烁无人答理

心儿，已跳出窗外
独自在黑夜里徘徊
谁是你殷殷的等待
在这个乍暖还寒的春季

相知，相别，相离
柔情儿殷殷几许
玉石之盟芳心款款
也抵不住晚来风急

煮一壶樱桃酒
抛却如麻的闲愁
把万般的思绪
化作满天的霓虹

疼痛让我彻夜难眠

此时　我像一个人置身在一座荒岛

四周都是波涛和汹涌的海水

惊涛骇浪　巨流暗涌

我被隔绝着

隔绝到一个所有人都到不了的荒凉

疼痛如海浪　一浪涌过一浪

一浪高过一浪　而我

除了隐忍　束手无策

这样的夜晚有多深不可测

这样的夜晚有多独木难支

巨大的疼痛如一匹恶狼

吞噬着我这娇小柔弱的身体

把心碾碎　把肉撕裂

让我的灵与肉挣扎 不知所向

哦　女儿的痛有谁能知？

哦　女儿的痛有谁能替？

夜色阑珊　灯火逐渐熄尽

月伴中秋

我嗅到空气中
——有一种味道
幽幽的　淡淡的
却又浸人心脾
那是吴刚砍桂树
摇落的花尘
还是嫦娥身上
淡淡的脂粉
没入夜　人已在梦中
今宵良辰美景
邀明月共赏

遥望远方

你可是我心头最亮的那一颗星？
你可是我心中永远的长青藤？
你可是我手中拿起再也放不下的一杯咖啡？
你可是一棵坚挺的树在我心中落地即生根？

今日今夕　我遥望远方
远山迷濛大地苍茫
看不见昨　也看不见今
唯有雨滴在天地间徜徉
惊乱了一池心水　无处安放

眺望中秋

月圆的时候　我作别了故乡
来到另一个城市
守望着异乡的月亮
此时　故乡的月光正明

我的目光　穿过重重秦岭
眺望山那边的故乡
故乡正在一片明亮的月光中
月光下　我的兄弟姐妹
他们团团而坐
吃着月饼　品着桂花的阵阵幽香
把亲情和爱深情地品尝

而在那遥远的山坡上
父亲和母亲的坟茔　安静且安详
一丛岁月的老菊花　正泛着金黄

（此诗入选 2018 年《中国百年诗歌精选》）

一缕菊香沁重阳

阳台的菊花开了
一朵一朵　金灿灿的
绽放着迷人的金黄
我立于花前
嗅着那一缕缕清香
心儿却飞到了遥远的故乡

在那故乡的山上
到处都有菊花的芳香
黄的　白的　紫的
它们如我的母亲和乡亲
坚韧顽强　迎着秋风生长
在寒意萧萧中开出满山的芬芳

而今　又已重阳
地下的母亲　您还好吗？
您坟茔的菊花开了吗？
是否　是否
也正如我的窗外
绽放着迷人的金黄

大年三十

大年三十　我仍秉承了母亲的传统

自己做菜　和年夜饭

母亲健在时　除夕夜都会做一桌十三花

因为三十　十三都是吉祥令人喜悦的数字

四荤四素四干果　外加一个顶盘

中间不停换的是池子盘子碗

横十三　竖十三　三十在母亲的手中

总是盛放着满满的幸福和团圆

我们围着这一桌丰盛的菜肴

一年一年如树一般地成长

终于长成了今天的这般模样

当我也学会了做十三花

在大年三十做给我的孩子和家人

母亲便已老去　老去成故乡山上的一座坟茔

三十这天　我和我的孩子及兄弟姐妹

会一如继往地去看望泥土中的母亲

我们在母亲的坟头上厌上三页火纸

点燃香烛　为母亲送去冥币和衣物

还有我们深深的无尽的思念

祭罢了母亲

我们一家人又团团围在餐桌边

品着年年三十吃着的十三花

那一盘一盘的菜肴 莫不透着母亲的淳香

我们吃着吃着

仿佛母亲又回到了我们的身边

同我们一起簇拥着新年

于是　新年便美仑美奂如一轮满月

（此诗发表于 2019 年 2 月 4 日《达州日报》）

人间有味是清欢

一杯清茶 一本诗书
一餐可口的饭菜
不一定是饕餮盛宴
只要是自己喜欢的
适心适口
即好

室不在大 亦不在奢华
一所小屋
宁静雅致合我心意为佳
不在乎拥有多少的金钱
只要够花够用即可
不在乎当不当什么官
做做自己喜欢的事情
便是一种无尚的幸福

闲暇时
逛逛自己想去的地方
看看自己想看的景象
结交三五志趣相投的朋友
过一种润心养心的生活
就这样 就这样毫无功利地
任时光从指缝间慢慢地流过
流成一条宽阔的河流

169

而我 便是这河上的荡舟人
心平气和　而又意气风发
一年一年
从秋到冬　从春到夏
滋味悠长　如老酒溢香

你在春天

风吹过了无痕

雨下过了无声

岁月沧桑了容颜

却带不走一颗年轻的心

你伫立在山头

春风拂动着你的长发

你以一种坚挺的姿态

站立成一处昂扬的风景

听　鸟儿鸣叫

看　枯枝出新芽

草衔新绿

碧水含情

你环视四周

春天　春天真的已来临

折一枝桃花

横于鼻尖

深嗅一口

春天的气息已醉心间

桃花开处

是你桀骜的容颜

你从冰封的岁月走来

经历了长路漫漫

霜寒了脸颊

雪香了梅花

因为　你始终认为

春天不远

煮一壶新茶

在袅袅的光影里

阳光开出了花朵

飞上岁月的枝头

奏一曲清音

春天便箫声四起

（刊发于 2016 年《中华文学》第 6 期）

嗅梅

夜幕降临的时候
我走进了梅林
彼时彼境
天边只有的一弯冷月
静静地俯视大地
四周空无一人

第一次梅开的时候
正是腊月
而此时
春色正浓
梅花正艳
此梅已非彼梅

我嗅着梅的香气
走进了疏疏密密的梅林
梅香幽幽
若故乡的清茶
带给人十二分的回味
欲说还休

一朵梅花的世界
有着怎样的迷人
它常常令人醉心无语

此中的深情款款

是对春的期许

更有对生命的坚守

花开的时候

引来无数的蜜蜂和蝴蝶

花落之后

长出的是一树酸涩的果

少人问及

梅依然是梅

却似乎又在把世事看透

有一种爱能否天长地久

有一种情可否相携共白头

有一种生命会否永远脱俗

夜无语

梅无语

唯有花香阵阵

随风入怀

（刊发于 2016 年《中华文学》第 6 期）

白崖寨

我不远千里　寻你而来
只为见一见
我曾经无数次遐想和幻想的
梦中的你的容颜

而今我立于你的足下
你以山寨的形式将我接纳
风伴着雨 雨伴着雪花
可是你亲情热泪的抛洒
走在布满老苔的青石板上
心有戚戚千千结
我数着岁月 数着光阴
三百余年的辗转流离
离乡的游子哟
今日 终于匍匐在你的脚下
仰望你饱经沧桑的容颜
热泪如泉水般涌上我的脸颊

掬一捧故乡的泥土
我热泪横流
尝一口溪涧的清泉
令我心甜透
那满山飘落纷飞的树叶
可是你激动颤抖的心曲？

那青石板上斑驳的老苔
可是你待我回归守望的风霜？
沿途盛开的山茶花哟
可是您含笑欣慰欢悦的脸庞？

溪池间 游动着三尾鱼
始终相依相偎在一起
相伴游来又游去
形影相随 不离不弃
那可是父亲母亲和孩儿
一幕世间生灵天伦的乡趣？

白崖寨呀白崖寨
你是一块如母亲般的热土
丰饶宽厚 端庄慈祥
几百年间
却饱经战争和离乱
在乱世中 我被迫离你而去
在安乐中 我千里迢迢寻你而归
不管我行走千里万里
你终是我难以割舍的牵绊
纵然我流浪到海角天涯
你永远是我心的皈依和港湾

磕一个长头 把根留住
作一个长揖 厚土高天

（刊发于 2019 年 6 月 12 日《文化艺术报》）

第六辑　羁旅物语

鲁院，我北京的家！

站在脚下的这片土地

第一次这么安定和踏实

北京啊　北京

你终于让我有了家的感觉

而这份踏实和安定

却是来自于我心目中神圣的文学

自此　我不再怕夜的黑

自此　我不再怕道路的漫长

因为　因为纵然我远行千里

鲁院的灯也一直会为我亮着

它在　它在静静地等我回家

一个文学路上的寻道者

自此　便义无反顾

心无旁骛

从容淡定如佛

（写于 2016 年就读北京鲁迅文学院时）

三月兰

一枝旁斜　伸向蓝天

点燃了鲁院清冷的天空

白的纯白　蓝的湛蓝

原来 原来　鲁院的春天

竟然是如此的明艳动人

这美丽的玉兰花

它是春天的信使

将沉睡一冬的大地唤醒

而我们的到来

也惊醒了寂寂的鲁院

一夜之间　春天便跃上枝头

开出倾国倾城的容颜

那是　那是属于玉兰花的春天

春风拂面　馨香满园

（写于 2016 年就读北京鲁迅文学院时）

别鲁院

手中的行囊　似有千斤
拽着我前行的脚步
令我欲走不能
从来没有这么沉重的心情
从来没有这么艰难的旅行
可我　可我　分明是要归去的呀
为何　为何　家在远方
却不肯成行?

是谁绊住了我的脚步
是谁让我难舍难分
是谁让有心有所牵
是谁让我深深眷恋
鲁院啊鲁院
皆因你所致
让我别绪满京城

我是一个初生的婴儿
你是我成长的摇篮
我是一滴水
你是我曾向往的大海
走近你　很难
离别你　依然很难
说一声再见　天高地远

道一声别了　泪满衣衫

至此　我方知道

我是这么这么爱着文学

犹如爱着一个我此生难寻的爱人

（写于 2016 年鲁迅文学院毕业之际）

北京的雨

七月二十日　我已离京

猛然惊闻　北京暴雨

水漫京城

原以为　北京是不会下大雨的

身处北京四月　鲜见有雨

多数时间　天光晴好

却不料　这场雨来势汹汹

惊悚北京城

倘若我在　我能如何？

我仅仅是同学口中的白娘子

在灾难来时 无法令大水片刻消退

我也不是真的有法术

可以让雨休风住

眼见街成河　车做船

行人乌涣在水间

我除了焦灼　除了惊恐

便净是无措

北京吉祥　北京吉祥

我只能轻轻地念着

双手举过胸前

——北京顺安

（写于2016年鲁院毕业后，入选2018年《北漂诗选》）

北京的春天

北京的春天是自玉兰花开始的

万物沉寂　一花独开

起初是花苞　花蕾

一夜之间　便离离绽放

如一只只白色或是粉色的小鸽子

俏皮地挺立在枝头

把北京的天空点燃

我从遥远的北国而来

盘桓在书香四溢的鲁院

玉兰花的优雅和俏丽

为我做了最热烈的迎接

在故乡　玉兰花被唤作"望春花"

它顶着春天的使者

为乡人带来最早春的讯息

人们亲切地称它为"望春花"

迎着眼前灼灼的玉兰花

故乡　呼之即出

自此　我将以鲁院为家

在这儿学习和生活

我嗅着满院的书香和花香

心中荡起了阵阵涟漪

因为爱好　我喜欢上了文学

因为文学　我走进了鲁院

因为鲁院　我在北京邂逅了玉兰花

生命　总有这么多的偶然和必然

夜色深了　我仍无法入睡

推开窗户　天空繁星点点

整个鲁院尽收眼底

夜色下的鲁院更加庄重和凝重

它像是一个个文学大师在托腮沉思

这里永远是思想者和智慧者的天堂

一个个作家自这里走出

一个个作家又自这里走进

他们接过前人手中的火炬

把思想的火光点燃

觅一缕生活的芬芳

采一束思想的馨香

点燃自己　照亮别人

在岁月里　在红尘中

把人间的大爱和大道找寻

我与我的同路者亦然

或许　或许在有生之年

这都会是我生命里最美的春天

（写于 2016 年就读北京鲁迅文学院时）

武大的樱花

来到武汉　恰逢武汉大学的樱花盛开
而此时　我已不再是一个学生
我只以一个局外人的眼光
打量和观望这一场花季的缤纷

我也曾寒窗苦读
我也曾手不释卷
可最终梦想和现实犹如天堑
我只能徘徊在理想的边缘

春日　最早掀开一年滚滚花潮的
仍是武汉大学无边无际的樱花
它将人们的目光唰的一下吸了过来
万万千千双眼睛　万万千千颗心儿
一起聚焦在这所春光烂漫的校园
岁月的浓情再一次被繁花点燃
看尽人间花事的我　只作壁上观

与一座高楼对峙的佘山

我所处的北方　大山巍峨

拔地而起　直入云霄

座座都在海拔几千米以上

我便觉得山都是这个样子

来到佘山　以为山皆是如此

待我见时　才知

南方的山与北方的山

迥然相异

它们是完全不同的两种姿态

北方的山是雄壮的汉子

剽悍威武　峻拔超逸

南方的山若娇媚的女子

绿影婆娑　柔情依依

一个雄峙天际

一个葡匐在地

只是 佘山也如我家乡的山

长乔木　也长灌木

有鸟儿穿梭奔忙

有瀑布飞流直下

它虽只有一座高楼的高度

却也依然以一种山的姿态

浩养生命

同享日月辰光

令一轮一轮的生命此消彼长

（此诗发表于 2020 年《石门文艺》第 2 期）

小雪

今天是小雪节气

天空下起了雪

我以为　这是此时应有的景象

名副其实

这世间　有多少的人难名副其实

这世间　有多少的事难名副其实

好在　小雪这一天

下起了雪

雪扬扬洒洒

如粉如盐如杨花点点

在空中漫舞　轻扬

将一个美好的愿望

兑现

（此诗刊发于 2019 年《长江诗歌》第 1 期）

心田里的雪

许多人慨叹

这个冬天　无雪

而在我的世界里

却是有雪的

有人问我　雪在哪里？

我脱口而出

雪　在我心里

是啊　雪在我心里

在我并不宽阔的心里

一直盛放着一片晶莹的雪

那是一片硕大的雪原

绵密厚实　纯美无垠

洁白得没有一点瑕疵

它就那样　静静地

静静地卧在我的心田

永不消减　永不消融

伴随我走过人生的春夏秋冬

这片雪　是我人生的第一场雪

在童年　在故乡的村庄中

我人生最初遇见的一场雪

在村庄苏醒的一个冬日的早晨

母亲推门而出　一声惊呼

令我的世界一片莹白
就在那短短的一瞬间
雪箭一般地射进了我的心田
用它的美丽与圣洁
陪伴了我一生

（此诗发表于 2019 年 2 月 16 日《西安晚报》）

雪落大地

推窗　向外远眺
窗外竟是一片雪白
唔　下雪啦　下雪啦
我喃喃自语着
在那个寂静的午夜
天地同眠
雪竟自悄悄地来了
无声无息
无言无语
纷纷扬扬落了这么一地
妆扮出世间最美的纯洁

雪总是这么静静地
静静地
不事张扬地
亦不作任何的喧哗
悄悄地
以润物细无声的姿态
入世
将万物滋养
留下一地雪色苍茫
将污物掩埋
而后　悄悄地
在一个无人察觉的午后
出世　遁入无形

这个雨天，你去了哪里？

瞬息之间　河水暴涨

浑浊而激流涌动

一浪赶着一浪飞速向下游急窜

河面上不时会出现一些漂浮物

木块　柴禾　垃圾袋和塑料块

像一只只不能主宰自己命运的船

湍急的河水　让我有些惊恐不安

甚而忧心忡忡

这些洪水来自哪里？

观水的人脱口而出

上游的某地　某地！

某地某地　夜间突降暴雨

说话之际　眼里满是忧心与不安

午间　餐馆里

惊闻某小伙抢开停在河中的挖掘机

未能仓促开离　被水冲走

在滔滔洪水中已然不知所向

一河两岸　皆是寻人之人

而这个年轻的生命　在这雨天

再也寻他不见

亲人与乡友的声声呼唤

也未能唤回熟悉而茁壮的身影

在这个雨天　你去了哪里？

究竟　究竟去了哪里？

年轻的小伙　你还有多少事未来得及干

你还有多少的梦想　未能如愿

可你　你到底去了哪里

为何迟迟不肯回还？

你可知母亲的望眼欲穿

和肝肠寸断

哦　在这个雨天

你　你究竟去了哪里？

（此诗发表于2018年"嘉年华"平台）

从北方到南方

当寒冬逼近的时候
我像候鸟一样
从北方来到了南方

北方和南方
从地理意义上来说
很远
可是在现代化的交通工具中
南方和北方只有一个多小时的
距离

下飞机的时候
乘务员播报
地面温度 16℃
南国不冷 真的不冷
恰似春天
这让我不禁窃喜
我是一只寒号鸟
过不了寒气袭身的冬天
而在南方
在南方的这个冬天
我会否快乐得像一只小燕子?

（此诗发表于"陕西文坛"平台）

骑小黄车驴行

很久很久没有骑自行车了
回忆起来
仿佛那是久远的
上个世纪

朋友说 咱们骑一把小黄车吧
我有些战战兢兢
怕捡不起那些已经丢失的
胆量和技艺
可是 在朋友的鼓励下
我又骑上时下流行的小黄车
并且可以像风一样的驰骋

在人的一生中
我们总在学习和猎取
可我们也总在丢失和遗弃
而我们丢失的
又何止是骑小黄车的
胆量和技艺
它还有很多很多
譬如友情 譬如爱情
譬如渐行渐远的亲情
很多美好的记忆都已远走
缥缈如时光深处的烟云

（此诗发表于 2019 年 1 月 29 日《文艺艺术报》）

195

养蟹人的冬天

在水畔 有一处小屋
那是养蟹人的居所
一间小屋
吃住都在一起
不时会来几个朋友
还有商客
在这里谈着螃蟹的价钱与行市
甚至是讨价还价

冬天的水是冷的
水边的日子也是清冷的
养蟹人便守在这清冷的水边
一天一天
数着日子
数着钞票
也数着生活的未来和希望

几只螃蟹在网间
爬来爬去
一会爬出水面
一会又钻入水底
厚重的壳
令它们丝毫不觉得冬的寒冷

只把这萧萧的冬日

抛给了岸边的养蟹人

（此诗发表于 2019 年 1 月 29 日《文艺艺术报》）

马耳朵菜

身长茎白 状如马耳朵
南方人谓之马耳朵菜
这种菜只有南方独有
北方鲜见

当地人说
这种菜是做腌菜的原料
因其茎肥肉厚
便成了南方人冬日的日常菜蔬

一个中年妇人
将洗净的菜递给身边的男子
男子接了菜
挂在门前的钢丝上
一浪一浪挂过去
便像是站好了队的士兵
妇人眼望着面前的菜
笑眯眯的
冬日的阳光便暖了许多

（此诗发表于 2019 年"诗歌周刊"平台）

那一日，在沈园

那一日 在沈园

与你隔水相望

似乎风也戚戚

雨也戚戚

一曲钗头凤

道尽了两个人的爱情悲欢

陆游和唐婉

终成一个美丽的远去的传说

钉在了时光斑驳的墙壁上

园中有许多的许愿牌

——写下了爱的期许和执念

这世间 谁是谁的永恒

谁是谁的唯一

谁又是谁的天长地久

谁又是谁一生不变的爱恋

在世俗的生活中

爱情常常灿若烟花

盛开的只是美丽的瞬间

迷人而灿烂的瞬间过后

只留下凄美的故事和传言

被人们口口相传

成为永恒和经典

（此诗发表于 2019 年 1 月 29 日《文艺艺术报》）

故乡的雪

故乡下雪了 我却听不见

听不见雪花飘落沙沙的声响

我只能隔着网络

看到一幅幅静止的画面

无数的雪花

在空中翩翩起舞

故乡的夜 一定美仑美奂

此时 我在几千里外的江南

深冬的江南哟 却绿意葱茏

香樟树篷起一把把巨伞

撑起一个春意盎然的冬天

时不时 会有几场凉飕飕的雨

淋湿了路面

淋湿了枯荷

也淋湿了我一颗游子的心

遥远而亲切的故乡

总在不经意间自心头浮现

恰如今夜 在故乡落雪的夜晚

我无论如何也无法扼制对故乡的思念

在青灯暗影中

我凝望着不远处的道路

道路被灯光拉得老长老长

直至我思念的远方

那个有雪飘落的北国的冬天

（此诗发表于 2019 年 6 月 12 日《文化艺术报》）

百草园的墨香

循着文字的清香
一路跋涉来到了百草园
百草园的菜畦还在
皂角树也依然还在
只是不见了叫天子
是人来人往的喧闹？
惊飞了叫天子
还是叫天子随着鲁迅一起
去了一个我们看不见的远方

虽是寒意萧萧的严冬
菜畦里的菜仍青且绿着
水汪汪的 如被水淋过一般
留下一地的芳草茵茵
和一个永远青绿色的梦

一腔痴念
如草疯长
疯长成一个青枝绿叶的百草园
令时光悠长 岁月馨香

（此诗发表于 2019 年 1 月 29 日《文艺艺术报》）

断桥边

隐隐看见白娘子悲泣着

掩袖自断桥上

飘然而出

依旧一袭白衣白裙

伤心不绝 声声悲怆

一对有情人

活活地被法海拆散

这世间 有多少的无情手

这世间 有多少的绝情人

白娘子和许仙的爱恋

留下了一座断桥

又有多少断肠人

空落得泪水涟涟

此情绵绵 已无处可遣

（此诗发表于 2018 年"大家文学网"）

听一个教授的讲座

我竖起耳朵
怎么也听不明白
教授讲的子丑寅卯
只见他的嘴一开一合
一些声音源源不断
从他薄薄的嘴唇中迸出
却难理出他的脉络和思路

我睁大眼睛疑惑地盯着他
站在讲台上
对着麦克风的
都是专家和教授吗？

只感觉 这个下午
茶淡而无味
时间如一杯白开水
怎么品 也品不出想要的滋味

（此诗发表于 2018 年"大家文学网"）

西湖的船娘

临风而立　一袭绿衣绿衫
如一株寒风中的绿柳
淡定地立在船弦旁
把来来往往的过客打量

冬日 坐船的人并不多
多数的人只是在岸边走走
漫不经心地临水而望
把一汪湖水装进闪动的眼眸
而船娘 依然守候在船旁
挣一点岁月的薪饷
烹饪着生活的芬芳

在等待的寒风中
眼眸里跳动着一缕一缕的
希冀和热望
在每一天的晨昏中
船娘也站成了西湖中的风景
一年四季
如长青藤一般悄悄地生长

（此诗发表于 2019 年 "诗歌周刊"）

谒苏小小墓

生于西泠湖畔
葬于西泠湖畔
你那昙花一现的生命
自始至终都与西湖相伴

曾经 面若桃花
曾经 名冠钱塘
豆蔻年华的妙龄
却化作了一缕香魂
随风远遁
如今 能记录你的
只有这一堆土冢
和一个遥远而缥缈的传说

你 因才而生
你 又因才而死
短暂的一生
承载了生活太多的艰辛
最终 你不堪重负
孑然独行

（此诗发表于 2018 年"大家文学网"）

写在毛泽东诞辰一百二十五周年

2018 年 12 月 26 日

在南京

恰逢您一百二十五周年的诞辰

参观改革开放四十年摄影展

看着满目锦绣的高淳

我想起了您

想起了您 心绪沉沉

老天爷也为这个日子动了情

念您念得泪眼婆娑

雨水横流

天与地　均为之动容

您一心为民　耗尽一生

战天斗地　纵横驰骋

赶走了侵略者　打跑了小日本

以气贯九州的长啸

让中国人民抬头挺胸

姿态昂扬　自信满满

屹立于世界的东方

写下了一曲千古绝唱

将民族的尊严写在了中国人的脸上

南京的苦难已经成为过去

可同胞的血与泪又怎能忘记？

记住不是为了复仇

记住是为了不再重蹈过去

众志成城

以一种钢铁般的意志

捍卫我们的国土和主权

将自强和独立担在吾辈的肩上

向前　向前　再向前

（此诗发表于 2018 年"大家文学网"）

柞水县

柞水县　是我的故乡

如今它却在离我千里之遥的地方

忙碌的时候　我会忘了它

一闲下来

它就腾地一下跳进我的心田

在我的心里翻腾跳跃

溅起一朵一朵如星星一般的浪花

故乡的那些人　那些事

那些山川和河流

那些土地和庄稼

还有菜畦里那青油油的菜蔬

永远都是我最热切的思念和想念

九山半水半分田的柞水

只有二千多平方千米

十六万的人口

在异乡人的眼里　它是小的

但在我的眼里 它却是无限的博大

它有着秦岭东段最高峰的牛背梁

它有着西北最大的溶洞群

它有着千年历史的凤凰古镇

它还有着一条穿越古今的秦楚古道

苍苍莽莽的秦岭
滋生了数不清的动物和植物
以及各类真菌和中药材
碧水流光的乾佑河
孕育了一群世世代代勤劳淳朴的人民
一路跋涉　耕耘至今

柞水囿于秦岭之中
以树命名
柞树喜长木耳
于是　便有了一个木耳小镇
其实柞水不仅盛产木耳
还盛产优质的空气
负氧离子含量极高的空气
就算在雾霾肆虐和横行的冬天
柞水也依然能看得见
蓝天和白云

常常 一想到故乡的天空
心头便云开雾散

（此诗发表于 2019 年 1 月 29 日《文艺艺术报》）

假如我是一只猪

假如我是一只猪

我绝不甘于被人们圈养

我要过一种自由逍遥的生活

我要吃自己喜欢吃的草

逛自己喜欢的山林和河谷

假如我是一只猪

我绝不甘于被人们屠杀

成为众人口中的美味

我会千方百计地逃跑

跑到人们再也找不到的远方

假如我是一只猪

我也要有自己的理想和梦想

我会饱读诗书　努力学习

使自己成为一个优雅高贵的猪

过自己想要的诗意的曼妙生活

（写于2019年猪年新岁）

211

三月，在江南

三月的江南　总有着多情的雨
如烟似雾　迷迷离离
笼罩着天　笼罩着地
笼罩着香樟树和马路上的行人

燕子来了　如哨一般穿行
在一棵棵青枝绿叶的香樟树间
于是　便有几片枯叶坠落
如鸟儿褪去的残毛

一夜之间　小草变得葱绿
如初生的婴儿
绽露着鹅黄的笑脸
把初春的大地吻遍

田畔　路旁　总有梅花点点
莹黄与嫣红
装扮出一个娇羞的春天

江南　最多的是清凌凌的水
塘水　河水　湖水　池水
一阵微雨
溅湿了水面
一任涟漪轻浅

数只鱼儿　探出头来

张望片刻

又迅速地潜进水里

哦　三月的江南

是石板街水亮的老巷

哦　三月的江南

是水墨画蘸湿的烂熳的春天

（此诗入选 2019 年《汉诗三百首》）

油菜花盛开的慢城

在南京的高淳
有一座以慢出名的山城
被人们亲切地唤作慢城
慢城　曾与我天各一方
如今　却触手可及

在慢城　不仅有亭亭玉立的莲和芦苇
还有遍地金黄的油菜花
这令我的思绪一下飞回了汉中
在广袤的关中平原上
也有着大片金灿灿的油菜花

风很轻很轻　云很柔很柔
三月像一个调皮的小姑娘
蹦蹦跳跳　洒下一路欢笑
笑出了春风万里
笑出了万物生辉
笑出了遍地迷人的金黄

蜂儿喜　蝶儿忙
露珠跳跃在花丛上
眨一眨眼　挥一挥手
春天便滚落满地
如金花般耀眼灿烂

吹一曲悠扬的陶笛

弄一管透天的长箫

在生命的蠢蠢欲动中

油菜花竞相吐艳

开出江南最明媚的春天

那些如画的清晨和黄昏

以及阳光晴好的午后

携一缕春光　慢步其中

堪与画上行

慢城的三月哟

以它的欣欣向荣和色彩斑斓

令人目不暇接

深情一春

（此诗获得南京市高淳区"慢城油菜花节"征文二等奖）

石臼湖

经过石臼湖的时候
是在南京到高淳的轻轨上

蓦然　眼前亮光一闪
一个巨大的湖面瞬间覆盖了我的视线
道路房屋田地全被它遮掩
水天一色　直至遥远的地平线
我被眼前的开阔惊呆了
曾涉过黄河　涉过长江
却多是能看到水岸
即便是遥远　也终究有岸
可在这里　却看不到石臼湖的岸

网上一查　才知石臼湖地跨三县二省
江苏的高淳、溧水和安徽的当涂
面积达二百多平方公里
在这么宽广的湖面上竟筑成了快车道
轻轨自上面经过也要二十分钟
水波如此浩荡　我却如一只穿梭的鱼
轻轻一漾　便已从此岸到彼岸
回望身后　石臼湖已回缩成一面镜子
不得不惊叹　人类智慧的伟大
天堑变通途　绝不是一句空谈

与西塘相遇的那个下午

来到西塘　已是下午时分
天上流淌着薄薄的云
空中洒着微微的雨
我便是在这样的时刻
带着款款的深情和向往走进西塘的

雨儿正好　不大也不小
落在脸上　有点淡淡的凉
不湿发　也并不湿衣
空中透高透高的　水面闪亮闪亮的

雨穿透层层阳光洒落而来
微微轻扬的太阳雨哟
兀自任性而恣意的洒落着
令西塘更有了另一种诗情与画意

我居北方　西塘于我
犹如一个遥远而不曾亲临的梦
可西塘的名字却浑浑镶嵌在我心里
犹如母亲时时唤着的我的乳名
我梦里念　我醒时念
总会不经意地将西塘挂在嘴边
以至成了我一个永久的期盼和眷恋

而今　我的双脚真实地踏在西塘的土地上
波光潋滟的水面　错落有致的石桥
如许荡舟的人儿和回荡在水面的笑声
让幽深而古老的西塘漾起一缕一缕的遐想
哦　那些在时光中流动的和静止的
无不凝结成西塘动人的传说和典故

烟雨长廊下　一对年轻的恋人
手牵着手　临水而立
眼望彼此　会心地一笑
那一笑　阳光也倾城
两只鸳鸯自微雨中游来
水面泛起一圈一圈爱的涟漪
古老而端庄的西塘瞬时满目含情

醉在西塘的夜里

能够宿在西塘　的确是一种幸运
这让我有足够的时间打量夜晚的西塘
主人是嘉兴人　自家的庭院和住房
据说祖爷爷辈便居住在此
已经几百年了
房子不大　干净清雅
蓝染的门帘　床巾和抱枕
一切都充满着地域特色和乡情乡韵
只第一眼　我便深深地喜欢

西塘的夜是自华灯初上时开始的
夕阳的余辉还没有完全地落尽
万千的灯光齐齐如流星般散射开来
夜便璀璨耀眼如白昼
当束束光影如阳光般洒落水面
水面便旖旎多姿　若星光闪耀
绿树　石桥以及亭台楼阁
倒映在波光粼粼的水面
若海市蜃楼　般神奇和迷人

如果说白天的西塘是端庄优雅的
那么夜晚的西塘便是动感迷人的
各类酒吧茶座咖啡馆相继上人
古镇刹那间被缤纷的霓虹包围

一水两岸　人影闪烁
空中旋转着光影　河面流淌着音乐
西塘的夜倏忽变得妖娆激情

我没有进酒吧茶座和咖啡馆
只静静地坐在临街石桥的水岸边
如痴如醉地欣赏着夜色下的西塘
一任千年的晚风悠悠地吹过
西塘的风柔柔地拂过我的脸颊
送来一个古镇最真切的问候
我知道　我只是西塘的一个过客
而此时　西塘却被我尽收眼底倾情拥有
哦　西塘的夜　浪漫的夜　迷人的夜
我醉在其中　如烈酒入怀

清晨，在西塘

窗棂微微泛白的时候
我便一骨碌坐了起来
简单地梳洗　便掩门而出

我自以为自己是早起的人
却还有比我起的更早的
烟雨长廊上已经有了零零星星的人
有买早点的大娘　有遛狗的大爷
还有频频拍照三三两两的年轻人
是他们打破了古镇惯常的宁静
将西塘从沉沉的睡梦中唤醒

西塘的早晨　石板路是湿湿的
石桌石椅是湿湿的
流动的空气是湿湿的
就连树木和花卉也是湿湿的
或许有雾气　也是有水气的
我分不清这雾气和水汽
只觉得空气极清新舒爽

我徜徉在一条条古街和长巷
像是一个捡漏的旅人
把目光没有触及的物件和地方
重新拾回眼底和心底

一个大娘正在洒扫庭院

见我走来　冲我慈祥的一笑

阳光便跳上水面

洒出万道金光

西塘立时水波盈盈　人影如潮

第七辑　家国情思

祖国，您永远是我依靠的大树

祖国，您是一棵高大挺拔的树
根深扎在沃土　枝伸向云端
您浓密的枝叶如一把擎天的巨伞
将我们呵护在您的绿荫里面
在您的庇护下我们得以日夜安然

风起了　雨落了
您抖抖身子依然云开雾散
电闪了　雷鸣了
您挺直腰身枝干永不折弯

您如严父　又如慈母
精心护育着您的每一位儿女
用擎天的巨伞为我们遮风挡雨
用坚实的臂膀为我们防御饥寒

仰首向天　您枝繁叶茂巍然耸立
令我自豪满满
低头向地　您物产丰饶满目绣锦
春潮涌动秋光灿烂

我爱您的春华　我爱您的秋实
更爱您的岿然不动坚定如磐
岁月从来是一把风霜剑

而您的绿荫给我了一个永恒的春天

（此诗发表于 2019 年《延河诗歌特刊》双月刊第 5 期）

军人

你　一身戎装
那是青草染就的颜色
因为　我看见
浓浓的绿意中透着——
生命的无畏与坚强

远看　你如是
近看　你亦如是
似乎你与我们没有什么分别
但是却与我们又确确不同
在你的身上　有着一种
超乎寻常的力量

你是一座山
伟岸笔直地挺立
坚实的肩膀　将共和国
稳稳地扛起

你若一片海
装着九百六十万平方公里的土地
心里　却唯独
没有放进你自己

因为有你

我们的世界变得和谐安逸

因为有你

再黑的夜

我们也没有被噩梦惊起

你像天使

散播着和平的福音

你是神灵

庇护着我们乐寓一方

你　默默地

总是默默地

在危难中出现

在祥和中隐去

像一只飞鸟

惊鸿一瞥

转眼便没了影迹

（此诗刊发于 2011 年 8 月 1 日《拉萨日报》）

老师，您永远是我仰望的星辰

天有多黑，星星就有多亮
老师，您永远是黑夜里最亮的星辰
当天地空濛，是您擦亮天空泾渭分明
人生无路，是您提着一盏灯指引
荆棘丛生，是您劈荆斩棘让我得以前行
前路迷茫看不见远方，是您给我力量与信心

老师啊，敬爱的老师
我人生的每一步莫不是由您引领
因为有您我一天比一天进步
因为有您我的人生日趋光明
因为有您我才能策马扬鞭大道远行

我渐行渐远，而您却如星光升腾
成我生命的天空中最亮的一颗星
我每一次扬首，都是您的召唤与指引
因为有您的星辉相映
我的人生从来没有偏离轨道
我坐享日月，俯探苍生
而您，则是我永远仰望的星辰

（写于 2019 年教师节）

老师，您辛苦了

又一个九月
如期而至
让我们的心中
瞬间有了一种异样的感动

这是一个收获的月份
也是一个播种的季节
多少人采撷着丰收的硕果
潇洒离去
又有多少人踏着清晨的露珠
款款走来

在这一来一去之间
老师啊　您付出了太多太多
您　传播知识
您　塑造灵魂
您让弱小的心灵变得强大
您让贫瘠的生命变得富有

当您看到
一张张空白的纸
逐渐
填满了答案
您　露出了欣慰的笑容

多少苦　您不与人说

多少累　您不与人言

一茬一茬的岁月

令青丝熬成了白发

又让风霜刻满了脸颊

而您　依然无怨无悔

只求　能够嗅到

桃与李的芬芳

今天　是您的生日

我想对您说

老师，您辛苦了

或许一句简短的话语

并不足以表达我对您的爱与敬

但是　这却是我

发自灵魂深处的声音

老师　您笑领

（此诗发表于 2009 年 9 月 11 日《南京晨报》）

少年中国

六十年　于一个人来说

几乎已经走尽了一生

而于一个国家

才仅仅是一个开端

人类漫长的历史长河

一个很小的时段

犹如一个蹒跚学步的婴儿

长成一个气宇轩昂的少年

而这个少年

让我们充满着无尽的希望

少年有着灵活的头脑

少年有着强健的体魄

少年有着不屈的性格

少年　真好

少年前途远大

少年勇于开拓

少午锐不可当

少年　定然不负众望

少年强则中国强

少年智则中国智

少年进步则中国进步

这是时代的强音

这是十三亿人的心声

少年　中国

（此诗刊发于 2009 年 10 月 17 日《凉山日报》）

中国的航天人，你真了不起！

"轰"的一声巨响
"神舟七号"以光的速度
火的光芒
直冲向浩瀚的夜空

我们的视线里
多了一个夺目的亮点
璀璨而又耀眼
令我们无法与它无关

神奇的太空
苍茫的宇宙
曾带给人类无尽的遐想
多少辈人几欲为之痴狂

而今　它像一个披着盖头的新娘
神秘的面纱
正在被我们一点点揭去
真实的面目将被我们　览无遗

是谁将梦想变成现实
是谁将人类的激情唤起
是谁让太空不再神秘
又是谁将世人的心力凝聚

你有着仓颉的睿智
你有着夸父的勇敢
你用执着与不屈
挑战了一个又一个的奇迹

酒泉的航天人
中国的航天人
我想对你们说：
你们真了不起

（写于 2008 年 9 月神舟七号发射时）

风雨神州行

奶奶给我讲了一个故事
那是一段久远的记忆
突然　某一天
太阳金灿灿
温暖地照着神州大地

可是盘古重开了天地
可是伏羲施展了魔力
罪恶和苦难忽地没了痕迹
这像是一段神话
或者说是一个传奇
却又真实得毋容置疑

我们有了自己的房
我们有了自己的地
我们的汗水没有白白流进土地
颗颗都是金灿灿的谷粒
穷不是谁的错
苦我们一起扛过
只要我们心共一处
没有什么不能让我们征服

春天的花开了
秋天的果熟了

一年走来

又一年走去

六十载春秋

在我们的指缝中走过

我们打捞着光阴

我们也播种着收获

当贫瘠的土地开满鲜花

破败的房子建成大厦

共和国在风雨里一天天长大

宽阔的胸膛撑起大地

高昂的头颅永远不屈

九百六十万平方公里的人民

用自己的双手打造出了一片新的天地

看神州万里日月呈辉腾紫气

听江河滔滔百川到海众归一

好一个人间岁月美如画

英才辈出群雄遂风流

询天问地 是谁将一轮日月乾坤定

思古想今 大步昂扬风雨神州行

中华风韵

一声惊雷
响彻华夏的天空
如一记响鼓
敲醒了中国沉睡千年的土地

一时
风生　水起
紫雾升腾
霞光普照万里
鹰击长空　虎啸平川
万类霜天竞自由
瑟瑟合奏　百鸟朝凤
人间岁月织锦秀

忆往昔
千疮百孔满目疮痍
坎坷人生风雨遍九州

看今朝
美服华堂　玉液琼浆
岁月如画神州处处共辉煌

泱泱中国情

不要问我人生的路有多长
不要问我岁月的河有多宽
我　生于中国
我的骨子里　注定
流淌着中国人的血液

中国像一枚印章
刻在我笔直的脊梁
从此　我背着它
行走四方

中国　你何其伟岸？
无论我走到哪儿
都有人伸出大拇指
将你啧啧地称赞

中国　你何其慈祥？
你用宽阔的臂膀
呵护着十三亿儿女
在阳光下快乐地成长

中国　你何其深情？
离家的孩子
纵然走得再远
也能听见你声声的呼唤

中国　你何其温暖?
不管是疾风苦雨还是数九严寒
你的怀抱永远是我们最可依靠
也是我们最最温暖的港湾

我们如一粒种子
在你的土地上
生根　发芽　开花　结果
最后化为灰烬　随风而逝
可为什么?
我们能够走到光阴的彼岸
却永远走不出你的地平线

哦中国，我的中国
我生生世世的中国
哦中国，我的中国
我地老天荒的中国
你衔接着我的前生与来世
我该如何将你遗忘?
哦，我的中国!

（此诗刊发于 2009 年 10 月 17 日《凉山日报》）

让和平的音符唱响世界的天空

——谨以此诗献给抗日战争胜利七十周年

卢沟桥的一声枪响

揭开了中国人民灾难深重的序幕

长江呜咽　黄河咆哮

无法阻止侵略者的罪恶

以及鲜血的漫延

孩子的血　老人的血　女人的血

四处流淌　染红山河

山愤怒了　海愤怒了

四万万华夏儿女愤怒了

在血与泪的悲痛中

中华儿女愤然举起了抗日的大旗

妇孺驱敌　全民皆兵

以壮士扼腕的气概

誓死要将侵略者赶出这片土地

没有洋枪　大炮

没有坦克　飞机

中国人民硬是用血肉之躯

以一个民族特有的智慧与骁勇

还有民族的自尊自信与自强

以及誓死保卫家园的意志和决心

将万恶的侵略者赶出了中国的土地

不挑起战争

并不意味着懦弱无刚

不咄咄逼人

并不意味着我们就可以任人宰割

不搞霸权主义

只是因为我们向往和平

不搞军国主义

只是想给我们的百姓一个安宁

世界需要和平

人类需要和平

地球需要和平

全世界的人民需要和平

举起屠刀的手

请你放下

四处掠夺的心

请你收起

在这世界上

幸福本来很简单

一箪一钵足矣

何须生掠死夺

苦了别人

累了自己

你有你的家园

我有我的一亩三分地

你种你的菜

我兴我的田

你是我的好盟友

我是你的好邻居

何故为了小贪小利伤和气

你予我一个微笑

我予你真诚的友谊

你有危难了我伸出援手

我跌倒了你将我扶起

爱如春花

势将开遍世界的每一寸土地

如此　世界该有多美丽

没有战争　没有侵略

没有血腥　亦没有罪恶

香花阵阵

和平鸽自由地飞翔

看天空　和平的音符四处飘荡

看人间　处处洒满春光

倘若各国领袖都有一颗公义的心

地球将是人类永远的福地

（此诗刊发于2015年9月19日《商洛日报》）

千年的柞树

不知始于哪年哪月

牛背梁上长出了一棵柞树

在岁月的风尘中

繁衍　茁壮

于是　就有了这一片柞树林

有了这一个以柞水命名的县城

柞树千年

柞树流下的水

滋养了一片土地

和一群勤劳善良的人民

世世代代　繁衍生息

柞水长流

流走了　贫穷与苦涩

流走了　愚昧与落后

一个花园般的城市

正在秦岭山中崛起

年轻的柞水

迈着矫健的步伐

已然穿过世纪的风云

迎着时光的潮头

奔走　不休

柞水因柞树而得名

柞树因柞水而长存

（此诗发于 2009 年 12 月 13 日《西安商报》）

走在春天中的柞水

掬一捧山泉　绿了树梢

摇一树清风　红了山桃

山上黄了又青

河水冻了又流

改变的是状态

不改的是始终坚守的位置

柞水很小

在中国的地图中找不到

溶洞很大

很多人慕名从远方赶来

一茬一茬的人

知道了溶洞

也就知道了柞水

原来　柞水离西安并不遥远

站在牛背梁上

偌大的长安俯仰皆明

　轮中华明月

照亮了千秋长安

也照亮了岭中柞水

谁说曾经沧海难为水

谁又说愚公移山只是个神话

一条世界长隧
颠覆了一个史诗般的传奇
在人类伟大的智慧中
没有什么可以成为不可能

那长长的乾佑河水
从亘古的秦岭山中流来
流进柞水的胸腔
然后又绵延不绝地流出
流过溶洞
流过邻县镇安
将柞水的消息
带向更远更为广阔的地方

人都说柞水温润如江南
因为有乾佑河水的滋养
人都说柞水是个好地方
因为这里有着别处不可一见的
福地与洞天
其实　山城并不小
凤凰的文明承载了华夏几千年的历史

走在小城
风是轻暖的
阳光是柔和的
柳丝是轻扬的

人是清爽的

此时　小城正值春天

（此诗刊发于 2011 年《陕西文学界》第 1 期）

北京遇上西雅图

北京遇上西雅图

本是一部电影

虚构和杜撰的一个故事

可是　可是

就在您走下飞机的那一刻

虚构的故事成了真实

您亲切的眸子

凝视着美丽的西雅图

像是凝视着自己的故友与亲朋

顿时　世界因您而安详

您款款而来

带着中国人的自信与从容

您笑语盈盈

播洒着人间爱的芬芳与馨香

您用您的风范

传递着老北京的恢弘与大气

您用您的深情与希冀

让北京和西雅图优雅地相遇

这个相遇

注定是一个惊世骇俗的美丽

千古一叹

留下一个划时代的传奇

原来　秋天不只是收获稼穑

也会收获美好和感动

甚至是人间大爱与开放的友谊

看　天高云淡

白云静静地陪伴着蓝天

看　大地含情

每一朵花儿都吐露着泥土的芬芳

如果胸中有爱

地理不是距离

如果胸中有爱

不同的人种不同的皮肤

也能亲如兄弟

两个城市的相遇

会产生怎样的奇迹

又会令两国人民怎样地欢喜

这将是一个高大上的问题

它将留给时间

或者　秋水长天

（此诗刊发于2015年《武汉开发区报》）

祖国，我为您自豪

当五十六门礼炮齐声同鸣

当七十发声响声震寰宇

瞬时　世界聚焦了您的目光

祖国啊祖国

您如晴天一声霹雳

放射出耀眼的光芒

当一列列军人以铿锵的步伐

凛然的神姿　坚毅的目光

雄赳赳气昂昂阔步走来

海陆空　还有民兵

彰显的是一个大国的威武和庄严

山为您倾倒

水为您欢唱

各种新型武器和洲际导弹的亮相

以献礼的方式进入人们的视线

毋容置疑

我国军事高科技已走向世界的前沿

我们可以向世界宣誓和呐喊

祖国的领土神圣不可侵犯

庄重的十月一日如一道闪电

以炫然之光擦亮了世界的眼

不由得让人肃然起敬和刮目相看

您是猛虎　您是雄狮

您是一头昂首挺胸的中国龙

您以一种气壮山河的声势

让一个民族雄姿勃发和顶天立地

黄河为您咆哮

长江为您欢腾

祖国啊祖国

您的威武雄壮和不屈不挠

让我为您倍感自豪

您是阳光您是雨露

让我在您的怀抱里幸福地安栖

昼夜心神俱宁

祖国啊祖国

您的繁荣和富强

是我永远的荣光

（写于新中国成立七十周年，

刊发于 2019 年 10 月 9 日《陕西农村报》）

等您回家

一个个盼望的眼神
一双双炽热的目光
一茬茬等待的身影
在等您回家，等您归来

您从黄土地上走来
您从秦岭深处走来
您从茶农的茶甸走来
您携一腔真挚的爱意
化作漫天飘飞的雨滴
滋润着每一个城市和乡村

山为您倾倒，水为您欢唱
大地为您吹响春天的号角
您用一双慈祥与爱的目光
拥抱每一份等待您的渴望

您，踏着夜色款款走来
天空洒下满天迷人的星光
大唐不夜城炫目如白昼
夜，在霓虹中悄然远走

曾经，远去的大唐盛世
今日，又仿佛梦回当时

爱如潮水，在四方涌动

万民欢腾，如春雷声声

您，携一枚春天的橄榄

把沸腾的夜，轻轻点燃

（写于 2020 年 4 月 23 日夜走唐不夜城之际）

守望蓝天

摘一朵白云，献给蓝天
栽一棵小树，献给森林
植一片绿草，献给大地
培一弘清泉，献给我自己

我喜欢天蓝水清树碧
我喜欢物候转换的四季
一季有一季的截然不同
一季有一季的盎然意趣

我喜欢春天的阳光明媚
我喜欢夏天的热烈奔放
我喜欢秋天的遍地金黄
我喜欢冬天的沉静安详

仰头是蓝蓝的天白白的云
低头是清清的水翠绿的山
鸟儿婉转，蝴蝶蹁跹
蜜蜂儿在花间来回地奔忙
酿下百蜜赠予鼎盛的人间

放眼长物，心中宁静如水
春风拂面，撒下阵阵花香
山不言高，树不言壮

万物在天地间悠然地生长

今日徐徐的杨柳春风
化作明天的漫天花雨
不问收获，只问耕耘
船到桥头终须直，勿问
寒雪散尽春自归，勿答

揽一缕阳光，和风惠畅
煮一杯清茶，透着醇香
品日升日落，莺飞草长
观人间岁月，道德文章

与君一别二十年

已经习惯了与君的朝夕相处

已经习惯了素日的晴习雨读

突然　突然某一日

与君作别

自此音讯全无

为了各自的理想

君去了天之南

君去了海之北

从此　我们天各一方

在各自的领域里苦苦追逐

去开拓生命的另一方乐土

生活没有假设

生活也没有彩排

所有的一切完全超出了我们的想象

甚至在颠覆着我们的理想

我们不得不扬帆

重新启航

我们选择了不同的道路

注定我们会越走越远

人生再难交集

而离去的是身影

抹不去的是晨夕与共的深情
和我们永远回不去的青春

与君别后二十年
再次相见在岁月的逝水华年
只觉岁月匆匆
岁月太匆匆
弹指一挥间
时光竟掠去了我们的二十年

今朝彼此相见
恍如梦中一般
四目相对
口中有千言
竟无语相看泪眼
心潮迭荡　感慨万千

曾经的青春年少
曾经的书生意气
曾经的指点江山
曾经的挥斥方遒
在岁月的斗转星移中
都成千古一叹

而今　我们皆已入不惑之年
为了一个相见
我们不惜万水千山

只为了再见一见别后的容颜

把一切干扰抛开　抛开

抛开在生活的风口浪尖

今霄笑语喧天

今霄歌声不断

今霄推杯换盏

今霄注定无眠

今霄将融进柔柔的月夜

成为二十年后最美丽的夏天

二十年前的夏天我们作别

二十年后的夏天我们相聚

时间是一把无情剑

切断了我们二十年的关联

和曾经的惺惺相惜与惦念

今朝　我们再回首

回首在秦岭的晚风中

围炉煮酒

煮出生命的似水流年

（受同学之邀写于同学会之际）

背影

轻轻地，你道了声告别
漫不经心地转身离开
留给我一个熟悉的背影

你如何知道，在你的背后
有一双眼睛，从来不曾游移
一直在目送着你的渐行渐远
那是一个母亲殷殷惦念的心

每一次告别，在你的身后
总有我望穿秋水的目光
那个身影从小到大
随着时光被一点一点拉长
渐至长成大人的模样
而我，依然在原地
任秋风吹起，任思念成霜

（此诗刊发于 2020 年《四川诗人》第 2 期）

第八辑　古韵新吟

庚子之春

新冠疫情次第消，
复工复产百业忙。
一声喜讯自天降，
国家领导来探望。
牛背梁上殷殷观，
金米村里笑声扬。
苍天有情垂下泪，
君临孝义世无双。
此日暗合吾生辰，
不偏不倚撞其上。
国事家事两相悦，
谷雨时节意欢畅。
天下巧事成书文，
人间佳话有辞章。
龙舞青天展雄姿，
志在苍生济世长。

（此诗写于 2020 年 4 月 20 日来柞水之时）

观二龙凹瀑布有感

人间六月玉生烟，
深山幽谷飞银泉。
原有青天凌云志，
碎作珠泪落浅滩。
纵然不能擎苍天，
汇入溪流绿两岸。
我歌我笑风雨后，
一腔豪情天地间。

（写于九天山观长瀑）

大秦岭

洪荒岁月天地崩，
横空出世大秦岭。
绵亘中原八百里，
阅尽沧桑纵古今。
秦砖汉瓦唐时风，
人间日月有不同。
帝王将相今何在？
唯有青山留长名。

山城颂

三道井上凝双眸，
一幅盛世美景图。
绿柳拂湖泛青波，
数只轻舟水中走。
高速公路穿山过，
火车凌空龙长游。
山城儿女多壮志，
共谱柞水好春秋。

新岁

烟花凌空隆隆开，
鼓瑟齐奏民安泰。
满座宾朋盈盈语，
不尽欢声滚滚来。
老树新花共春在，
歌舞升平影徘徊。
金虎腾空瑞气至，
神州方圆添华彩。

辞亲

得道仙者驾鹤去，
九霄青云乐悠悠。
凡人难解生死故，
厅前座上泪长流。
音容笑貌今宛在，
管乐声声含悲愁。
天堂有路终须往，
高歌一曲下扬州。

无题

黑夜沉沉暗无边，
孤女独坐不能眠。
满腹心事凭谁问，
冷屋铁窗总无言。

叹夜

夜长屋冷人不寐，
满腔愁绪该问谁？
拂帘遥见灯如市，
寂寂我心独堪悲。
风卷残枝叶翻飞，
三更肠断梦难回，
问君哪得报国处？
枕畔空留两行泪。

（此两首诗写在人生最低谷时）

269

春雪

万里晴空春日暖，
人间处处是雪原，
车行不觉冷风面，
迎来座座冰雪山。
麦苗穿雪绿叶展，
农夫抚须意田田，
离离蔬蔬地上木，
已将笑颜向青天。

陈忠实周年祭

白鹿塬上白鹿鸣，
如泣如诉放悲音。
山河同哀忆忠实，
魂归故里留文名。

杜鹃颂

久闻杜鹃美名扬，
今日得见汝红妆。
众叶拱身催花蕾，
花满春山叶向往。

悲菊

陇上阡陌菊花黄，
千朵万朵醉斜阳。
花儿不知冬将至，
错把秋阳当春光。

高速路柞水通西安

忽闻柞水近西安，
山城万民俱欢颜。
几十余载辛苦路，
而今化作一重天。
岭南六月柳如烟，
青山绿水好家园。
又逢盛世雨露至，
敢教日月吐新篇。

（写于2006年高速路开通时）

274

蔷薇赋

园中一蔷薇，
仲夏犹自开。
星星与点点，
缀成云一片。
花在频频笑，
枝已累弯腰。
行者止其步，
观者驻其足。
皆向园中窥，
此物当属谁。
蔷薇者众多，
巍巍却难觅。
此园独一株，
怒放烈日里。
谁知花中语，
谁解花之意？
春梦了无痕，
年华易逝去。
此情可寄处，
仰首笑天地。

（写于 2013 年夏）

275

我本生山中

我本生山中，
不曾遇良辰。
青春好年华，
蹉跎度光阴。
偶读一佳作，
令我文心生。
揣笔始作蛹，
不意出凡尘。
自此笔不停，
文字润我心。
朝朝与暮暮，
纸上写征尘。
两年勤笔耕，
诗文三百整。
叹红尘万丈，
谁是识我人。
昔有伤仲永，
今有秦山女。
倘不得提携，
一样可自灭。
我乃深山人，
难见一片月。
若得汝相扶，
高义薄天云。

（写于 2010 年）

思亲曲

今夕月依旧

人难留

空有思念在心头

独上高楼

望尽天涯路

昨日花满径

意犹稠

把酒临风话聚首

高歌一曲

人间春无数

玉桂兀自开

花影瘦

折上一枝与君留

仰望明月

双眉锁清秋

（写于母逝第三年）

277

后记：在诗歌中坚韧地活着

2008 年，在我向文学迈步时，赶上了汶川大地震，在悲痛和忧伤中，似乎只有诗歌是最恰当的表达方式。于是，我在遥远的柞水，用诗歌表达了我对汶川人民的担心、牵挂和祝福。在那个时间段，我写起了诗，而且有好多首公开发表，第一首就发表在《石家庄日报》的"地震专版"上。面对这样天塌地陷的灾难，我手足无措，却又日夜忧煎，于是，我毅然决然拿起了笔，写下了一首又一首的诗歌。我希望用诗歌唤起汶川人民从废墟上站起并重新生活下去的信心和勇气，从而重拾对生活的顽强和自信。在地震期间，我写下了《我能为你做些什么》《只要生命还在》《汶川，雄起！》《祝福汶川》等诗作。在那时的写作中，我希望用诗歌让汶川的人民坚强起来，不要被灾难压倒，自然灾难我们无法躲避，但是只要生命还在，我们就一定能够重新崛起和奋起。

其实在当时，我也处在人生的低谷中。我没有一份稳定的工作，没有宽裕的经济条件，我在用诗歌祝福汶川人民的时候，也在激励自己，希望自己在生活中坚强、顽强、自强，不被困难吓倒，不被生活压倒。于是，开心了，写一首诗；不开心了，也写一首诗；高兴了，写一首诗；失意了，也写一首诗。在不知道怎么表达感受的时候，我就写一首诗，用诗来抒发我的喜怒哀乐和愁肠百结，将生活的种种况味渗透到诗里，甚至在最孤独的时候，也以诗歌来相伴。

十年来，竟陆陆续续写下了这么多，现在累计起来，已经有了二百多首，将它集结为一本诗集，也应该是一本很饱满、很丰厚的诗集了。虽然我不是专业诗人，但是写的诗作多数都顺利发表了，这令我引以为幸，我的文字能被社会广泛认可，能被众多刊物选用，它多多少少是有价值的，现在我将它集结起来，呈给自己，也呈给读者，希望这些我用心灵烹煮出来的字句，能够给读者带来一点什么。

我给诗集取名为《春天的声音》，是因为 2008 年的汶川大地震发生在春天，而且习近平总书记来柞水的那个 4 月 20 日，也是在春天，甚至我能走到今天，也是经历了无数个严寒过后蕴含希望的春天。似乎所有的人与事，都与春天有关。而在春天，不仅有美好，有生机勃勃，有春意盎然，也有凄风苦雨，甚至是倒春寒。但是我们都没有畏惧，没有怯懦，没有被那些突如其来的困难和灾难所吓倒。我们在那些春天里，显示出了超人的胆识和勇气，我们用大爱和勇毅，让所有的困难和灾难为我们让路，我们用血和泪踏出了一条人间大道、爱的坦途。当灾难过去，一切美好又都将重新回归，就像是幼苗破土一样，在要出头的时候很艰难，但是一旦破壁而出，它就会呈现出蓬勃旺盛的生命力，迅速春满大地。而春天的声音，又是世间最美的声音，它充满着希望，充满着力量，催生着世间的一切生机和动人。因为春天的到来，所有的严寒都将成为过去，它是一种向往，一种感召，更是一种世间永存的美好。因此，我将此本诗集取名为《春天的声音》是有特殊的意义的。春天的声音是万物萌动、拔节催生的声音，是春风、是细雨、是花开、是鸟鸣，是一切动的静的事物蓄足力量时所呈现的张力和合力。

　　于此，天地合人，天人合一。

　　这些年，可以说是诗歌一路陪伴着我走过来的，我给诗歌以热爱，诗歌又给我以不屈和坚韧，在诗歌的陪伴中，我历经风风雨雨走到了今天。今天，又站在了 2020 年这个时间的分水岭上，回首过去，既感慨万千，又意气风发。过去统统贮进记忆，经过烹煮，已如春风化雨，滋润我心。静听花开，如何不是一种诗意的生活？

　　此为后记。致我自己，也致世间所有劫后重生的人与事，以及那些可以期许和正在走来的美好！

2020 年 4 月 20 日于柞水